SOCIÉTÉ DES AMIS DES ARTS

(CERCLE ARTISTIQUE)

G. BÉNÉDIT

CHICHOIS

LA POLICE CORRECTIONNELLE

CONTES — ÉPITRES — PIÈCES INÉDITES.

TOME PREMIER.

MARSEILLE

1876

Société des Amis des Arts
(Cercle Artistique)

G. BÉNÉDIT

1879

EXEMPLAIRE

POUR

DÉPOT LÉGAL.

CHICHOIS

POÈMES, CONTES ET ÉPITRES.

SMEETON TILLY

Société des Amis des Arts

(Cercle Artistique)

G. BÉNÉDIT

CHICHOIS

La Police Correctionnelle

Contes — Épitres — Pièces inédites.

TOME PREMIER.

MARSEILLE

1876

AVERTISSEMENT

La dernière édition des œuvres de
Gustave Bénédit étant complètement
épuisée, la Société des Amis des Arts
de Marseille (Cercle Artistique) a pensé
qu'elle ne saurait mieux justifier son
nom, qu'en confiant à sa Commission
de Littérature le soin d'en publier une
nouvelle.

La Préface de cette édition est écrite par M. Adolphe Carle, un Marseillais de la vieille roche, ami de Bénédit et son camarade en journalisme, qui, mieux que personne, pouvait nous faire connaître l'homme et l'écrivain.

Le Livre sort des presses de Messieurs Barlatier-Feissat Père et Fils.

Voulant joindre à l'intérêt du texte l'attrait de l'illustration, la Société des Amis des Arts a prié l'habile portraitiste, M. Eugène Lagier, de reproduire les portraits de Bénédit, de Méry et de Barthélemy. Il lui a paru intéressant de grouper dans le même livre les images des trois poètes qui, dans des genres différents, ont rendu avec le plus de bonheur le caractère de Marseille et de ses habitants.

Un artiste lyonnais, M. Georges Duseigneur, a dessiné les bois placés en tête de chaque chapitre et de chaque conte; ces bois ont été gravés par MM. Dardelet, de Grenoble, Smeeton et Tilly, de Paris.

La Société des Amis des Arts se trouvera récompensée de ses efforts et de sa peine, si cette édition obtient l'approbation du public et justifie la confiance des souscripteurs.

Marseille, le 1er Mars 1876.

GUSTAVE BÉNÉDIT

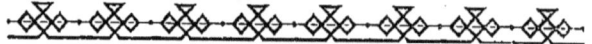

GUSTAVE BÉNÉDIT

En parlant de sa naissance, Gustave Bénédit aurait pu dire comme Victor Hugo :

Ce siècle avait deux ans.....

Il commençait en effet, quand notre aimable poète vint au monde, ce siècle fécond en grandes péripéties, si avancé par les idées et par la science, si tourmenté par les révolutions et par les guerres.

Gustave Bénédit naquit à Marseille, le 7
avril 1802.

J'avoue que ma première pensée a été de ne
pas rechercher cette date que j'ignorais, n'ayant
pas à écrire ici une biographie dans toutes les
règles. Mon programme est plus simple. Il
consiste seulement à indiquer les principaux
traits et l'expression habituelle d'une phy-
sionomie on ne peut plus sympathique, sur le
fond intéressant pour tous les Marseillais,
jeunes et vieux, du milieu où elle vivait.

Il me semblait d'ailleurs, ce scrupule dût-il
paraître excessif, que la piété des souvenirs
devait m'empêcher de creuser sans nécessité,
à l'égard de ce cher Bénédit, la question
de son état civil et de m'engager, pour cela,
dans le dédale des bureaux de notre Hôtel-
de-Ville, dont les détours font souhaiter tant
de fois, à l'infortuné visiteur, un brin du fil
d'Ariane. A tort ou à raison, il me semblait que
notre ami mettait une coquetterie innocente à
laisser planer un doute sur ce sujet toujours

délicat pour bien des vivants et des vivantes,
et que ce n'était pas lorsque la mort le laissait
sans défense, que je devais satisfaire à son
égard, une vaine et indiscrète curiosité.
Pourtant, en définitive, par respect pour le
lecteur, j'ai passé outre et inscrit, non
sans regret, la date en question. Au fait,
l'à peu près aurait bien suffi pour reproduire
l'image fidèle du charmant esprit que nous avons
perdu. Aussi bien que le chiffre exact lui-même,
il donnait l'idée des impressions de la jeunesse
du poète et des inspirations de son âge mûr.
Il laissait subsister toutes les causes, toutes les
influences à l'aide desquelles il est permis
d'expliquer sa façon d'observer et de sentir ;
il en disait assez sur les origines de ces jolis
poèmes et de ces contes qu'une société d'amis
éclairés des arts et des lettres a eu la bonne
et généreuse pensée de rééditer, dans des
conditions excellentes, à la grande satisfaction
du public.

Quoi qu'il en soit, il faut bien dire que

l'enfance de Bénédit ne fut pas, tant s'en faut, bercée au sein de l'opulence. Son père, capitaine au long-cours, mourut de bonne heure et ne laissa pas de fortune. On peut juger de la situation de sa veuve et de son enfant à une époque où la vie était si difficile à Marseille.

Souvent on a rappelé les tristes souvenirs des dernières années du Premier Empire, où toute activité commerciale était éteinte parmi nous. On a parlé de l'herbe croissant entre les pavés de nos rues solitaires, du Port à peu près vide par suite du blocus. Ces récits n'ont rien d'exagéré. Le vieux Lacydon, en fait de grands vaisseaux, n'offrait guère à la vue que les vastes flancs de la « Vénérable Philippine », comme l'appelait Méry, destinée aux expéditions de l'Inde, et qui fut condamnée à rester si longtemps immobile sur les eaux dormantes. Elle était amarrée, ainsi qu'un autre navire d'un moindre tonnage, mais tout aussi richement orné, entre la place Neuve et la « Consigne ». Ces deux beaux spécimens de l'ancienne

architecture navale, restèrent là bien des années, côte à côte et désarmés. Ils avaient l'air
de se consoler entre eux de notre splendeur
maritime disparue.

Si le mouvement industriel eût cessé en même
temps que le mouvement commercial, il est à
croire qu'il ne serait guère resté dans la ville;
à part les propriétaires et quelques grandes
maisons opulentes, que le monde officiel, les
fonctionnaires de tout ordre du grand empereur.

Le fait est que la misère était extrême parmi
les ouvriers sans travail, et la gêne excessive
dans les ménages de la petite bourgeoisie. Les
épargnes étant parties, peu s'en fallait, les
familles attendaient encore plus du bon Dieu
que de leur bonne volonté, le pain quotidien.

Comment la population marseillaise résista-
t-elle à cette longue épreuve? — Il faut le dire
à sa louange, elle dut de sortir saine et sauve,
quoique bien malade et quelque peu exaspérée,
de cette crise, à ses vertus domestiques, à
la sage économie des ménagères, à la rési-

gnation de tous. Et puis l'abondance, qui faisait défaut, était compensée, pour le grand nombre, par un genre de satisfaction qui est l'heureux privilége des populations intelligentes et impressionnables du Midi. Il est permis d'avancer que les goûts artistiques de la nôtre lui vinrent alors en aide. Il y avait d'ailleurs des biens que ni la pauvreté ni les croisières anglaises ne pouvaient lui ravir. Ne lui restait-il pas les bastides, les cabanons, les pinèdes chantantes, le spectacle et les trésors de ses rivages? Le Marseillais peut toujours, dans ses disgrâces, se consoler avec ses clovisses, ses oursins et ses moules chantées par Barthélemy :

La moule des écueils, ce coquillage amer
Qui s'ouvre en exhalant les brises de la mer.

Marseille, à cette époque où les « subventions » étaient inconnues, avec bien moins d'habitants, possédait plus de théâtres qu'il n'en existe aujourd'hui, sans compter les théâtres de société et les concerts si brillants. Il y en avait pour tous les goûts et pour toutes les bourses. On avait le grand opéra et le ballet avec les admirables décors de Cagliari et de Gonzalve, le mélodrame, le vaudeville et la haute comédie interprétée par d'excellents acteurs. Le prix des places était si minime que des familles de bourgeois modestes et d'artisans étaient abonnées tout entières.

On avait fait un maigre repas du soir, précédé d'un dîner qui ne valait guère mieux; mais on ne se plaignait guère. Le grand intérêt du jour était de savoir quel ton, quel accent Richaud-Martelly, qui avait quitté le barreau d'Aix pour le théâtre et écrit, à ses moments perdus, *Les Deux Figaro*, donnerait à tel passage de Molière ou de Beaumarchais que Molé et notre compatriote Dazincourt, en représentation, avaient interprété dans tel ou tel sens. On discutait sans fin sur ces nuances qui ont

longtemps divisé en deux camps nos amateurs
de la haute comédie.

Gustave Bénédit, comme tous ceux qui sont
nés ici au commencement du siècle, compta
donc au nombre de ses premiers maîtres, le
malheur du temps. Ce maître était dur, mais
ses leçons n'ont pas été perdues. Il apprenait à
se contenter de peu et prouvait qu'il existe
des satisfactions fort douces et d'agréables
fêtes de l'esprit, pour les plus modestes conditions. La génération d'alors s'est trempée à
cette école. Elle était peut-être mieux préparée
que ne l'ont été celles qui l'ont suivie, aux
déceptions et aux luttes de la vie.

L'esprit public, à cette époque, ne pouvait
prendre un grand essor sous la main de fer de
celui pour qui tout penseur n'était qu'un
« idéologue »; — mais le culte de l'art suffisait
pour adoucir les peines présentes, en attendant
des jours meilleurs.

***

Les amoureux de la fiction sont portés à admettre que, vers la fin du siècle dernier, un essaim voyageur de bonnes fées et de nobles muses vint prendre possession de la cité qui lui était signalée au loin par la tour de Saint-Jean et le clocher des Accoules.

Les divines fugitives furent, disent-ils, séduites par les charmes du paysage et, sans doute, encouragées par les dispositions des habitants de la contrée, qu'elles savaient leur être favorables.

D'où pouvaient bien venir ces doux génies de la poésie, de l'éloquence, de la couleur et du chant? — Ils arrivaient en droite ligne de la Grèce, de l'Italie, où florissaient jadis les beaux arts dont ils avaient vu l'épanouissement magnifique.

Il semble en vérité qu'on ne saurait nier leur présence parmi nous, tant ils ont comblé de leurs dons quelques-uns de nos compatriotes, encore au berceau lors de leur arrivée.

C'est à croire, en effet, qu'ils ont présidé à la naissance de Barthe et de Pastoret, et qu'une fée, un peu plus tard, vint à la rue des Petits-Pères déposer un peu de miel de l'Hymette sur les lèvres d'Adolphe Thiers.

Méry fut visité et son front effleuré du doigt par une muse généreuse, tandis qu'une des chastes sœurs s'aventurait dans la campagne et, à Saint-Jean-du-Désert, dans la *Grand'Bastide*, fondée par Cazault, trouva Barthélemy, qu'elle prédestina à la grande poésie.

En passant par là encore quelques années plus tard, la même muse voulut dire un bonjour à son vieil ami Lantier, retiré dans sa charmante villa. — Or, auprès du spirituel auteur du *Voyage d'Anténor*, elle aperçut un petit garçon fort éveillé, auquel elle accorda les dons précieux de l'esprit, et qui est devenu un brillant poète en même temps qu'un maître critique.

Qui pourrait ne pas admettre la sollicitude de ces génies pour les Marseillais, littérateurs, publicistes, orateurs ou artistes hors ligne, qui s'appellent Léon Gozlan, Louis Reybaud, Abel, Capefigue, Emile Ollivier, Eugène Guinot, Etienne Arnaud, sans parler de ceux qui sont jeunes et qui déjà sont entrés avec éclat dans « la noble carrière » ? Quant à moi, je n'oserais en douter.

Elle devait venir de l'Ionie après avoir, il y a bien des siècles, inspiré les chants des matelots embarqués sur les galères phocéennes à trois rangs de rames, la muse qui visita, dans une maison voisine de l'« Évêché », l'enfant doux et rêveur qui devint l'auteur de la *Fille d'Eschyle* et des *Poèmes de la Mer*. Et de qui pouvait-elle être la fille, sinon du génie qui avait inspiré les grands peintres et les incomparables statuaires grecs, celle qui prit Papéty et Ricard sous sa protection ?

Une de ces fées trouva le jeune Bénédit au
second étage d'une pauvre maison étroite et
sombre de l'ancienne place des Prêcheurs et lui
accorda à la fois le don du chant et celui de
la poésie comique.

L'enfant ne tarda pas à faire honneur à sa
marraine invisible. Il fut chanteur de bonne
heure ; mais sa vocation poétique ne se mani-
festa tout à fait que bien des années après ses
premiers succès.

C'est à la maîtrise des Pénitents Bleus qu'il
reçut ses premières leçons de chant et dans leur
chapelle qu'il déploya d'abord sa belle voix de
baryton. La fée avait bien fait les choses. On
était si fier de cette voix parmi les braves pénitents, que le frère G.... ne pouvait se séparer
du jeune virtuose. Il le menait avec lui au
cabaret et le présentait avec orgueil « aux
amis ». Ceux-ci, enchantés eux-mêmes du petit
prodige, l'accablaient de témoignages d'amitié
et le faisaient boire à outrance. C'était charmant
pour tout ce monde ; mais non certes pour ma-

dame Bénédit, qui venait souvent, le soir, chercher son petit; et le tirait de là, en adressant de vifs reproches au bon frère qui ne s'en fâchait pas, tant il avait le vin indulgent et doux. La pauvre mère ramenait au logis l'enfant tout échauffé et presque titubant. Singulier début dans la vie, pour Bénédit, si réservé et si sobre et qui, dans l'âge de raison, n'eut jamais à se reprocher le moindre excès de table.

La renommée de chanteur de l'élève des Pénitents Bleus se répandit bientôt hors des limites de la paroisse des Prêcheurs. Il devint le favori du monde élégant après avoir été le Benjamin de la « Gazette ». Un programme de concert n'était pas complet si son nom n'y figurait pas. Mais, dans ce temps-là, on croyait encore un peu, du côté des Prêcheurs, à la sagesse du vieux proverbe cité par J.-J. Rousseau, dans ses *Confessions* :

> Qui bien chante et bien danse
> Fait un métier qui peu avance.

Ce n'était pas tout d'être applaudi en bas et
en haut; d'être fêté au milieu de l'élite des
amateurs, de se voir gracieusement accueilli
par les belles dames. Il s'agissait de vivre; il
fallait aider sa mère, apporter un peu d'argent
au logis. L'ivresse du succès ne tourna pas la
tête à notre ami. Il fit son devoir, et, tout
jeune encore, il entra en qualité de commis
dans la maison Mendret.

Ce nom avait alors encore, sur la place de
Marseille, un assez grand crédit, bien qu'il
eût perdu quelque chose de son prestige.
M. Mendret, associé, pendant quelque temps,
de M. Reynard, le père de l'habile administrateur qui fut député, puis maire de Marseille
et pair de France sous le roi Louis-Philippe,
était, dans toute la force de l'expression, le fils
de ses œuvres. Il avait peu d'études, mais chez
lui l'intelligence supérieure des affaires, la
finesse, la sûreté du coup d'œil et des calculs,
remplaçaient avantageusement l'instruction
absente. Sous l'Empire, où le commerce était

presque anéanti, il avait gagné des millions.
On ne parlait que de son luxe, et Dieu sait le
bruit que fit l'entrée de sa jeune femme au bal
de la préfecture, où elle se montra avec une
éblouissante parure de diamant. Ces diamants
furent comme une bonne fortune aux yeux de
ceux qui n'aimaient pas Monsieur le Préfet.
Le comte de Thibeaudeau, orateur chaleureux,
écrivain remarquable, administrateur de premier ordre, ne se piquait pas, il est vrai, d'être
aimable. Il voulait être craint, au risque d'être
détesté, et réussissait à merveille; mais à ce
bal, la malignité publique prit sa revanche,
car on prétendait que la comtesse avait été à la
fois éblouie et contrariée à l'aspect des diamants
de la belle madame Mendret. Comme le disait
Bénédit, qui aimait tant à citer son Molière :
« Ils étaient d'une belle eau et jetaient quantité
de feux. » — Il y avait bien peut-être aussi,
parmi les invités de cette soirée mémorable,
des personnes qui savaient l'histoire d'hier et se
rappelaient que le terrible préfet était un

des cinq Conventionnels qui se rendaient à
l'Assemblée, avec le bonnet rouge et la carma-
gnole. Ceux-là, qui étaient peut-être les amis
plus ou moins intimes du maître de la maison,
devaient échanger de singuliers regards. Il
est même vraisemblable que les plus hardis
« firent des mots. »

Bénédit était donc à bonne école chez
M. Mendret. Pour peu qu'il eût eu le goût des
affaires, il serait bientôt arrivé à mettre « le pied
à l'étrier ». Mais il ne songeait guère alors à
devenir riche. Il continuait à lire, à s'instruire,
à méditer, à chanter et à rimailler, comme il
le faisait encore, après la mort de M. Mendret,
quand il fut placé dans le comptoir de M Sciama.
Sa fée n'en démordait pas. Elle l'avait destiné à
l'art, et ce n'était pas du tout sa volonté que
son protégé devint un gros bonnet du commerce,
de la banque ou du courtage.

Aussi le filleul, obéissant à cette influence
supérieure, semblait-il prendre à tâche de
déconcerter et de faire marcher de surprise en

surprise, son honnête patron. Le digne négociant, par bienveillance et par amitié,
s'obstinait à voir en lui un employé sérieux et
s'épuisait à lui donner les meilleurs conseils.
Bénédit se sentait touché jusqu'aux larmes, ce
qui ne l'empêchait pas de mettre en vers les
manifestes d'entrée et de rédiger également en
vers la correspondance commerciale dont il était
chargé, dans le goût et la forme de la demande
adressée par Chichois au directeur du Conservatoire, pour la réparation du piano de sa classe.
Cela ne pouvait pas durer. Il fut remercié, et
c'est alors qu'il conçut la triomphante idée de
s'instituer courtier, dans la partie des denrées
coloniales. Il avait, je crois, vingt ans quand
il forma ce beau projet.

* *
*

Courtier ! Bénédit, se donnant à lui-même
un démenti, eut un mouvement d'orgueil en
songeant qu'il allait devenir un personnage à
la Bourse. Il est vrai qu'il s'agissait d'abord
d'être simplement courtier marron ; mais c'était
avec la perspective souriante d'entrer bientôt
dans la classe privilégiée et de passer courtier
« titré ». N'était-il pas protégé, poussé par
M. David Altaras, l'ancien associé de M. Sciama ?
N'avait-il pas des relations nombreuses, des
amis dans toutes les classes ? N'était-il pas
connu du « tout Marseille » d'alors ? Si quel-
qu'un pouvait afficher la juste prétention de
devenir un des rois de la place, c'était bien lui.
Il n'avait rien de commun, en effet, avec
ces pauvres diables pour lesquels Méry avait
inventé un mot de provenance provençale,

dont les parents et amis disaient qu'ils s'étaient
« entraignés », parce qu'ils avaient adopté les
forts souliers et qu'ils portaient dans leurs
poches des paquets d'échantillons et des fioles
pleines d'huile. Les malheureux s'imaginaient
qu'ainsi armés ils pouvaient affronter les
dédains du commerce, dompter le redoutable
négociant et finir, comme feu Plantin, par
acheter une *Floride*. Mais, hélas! que de
mécomptes ! Et combien se sont retirés de la
lutte où sont morts à la peine, sans avoir
jamais inscrit « une date » sur leur carnet.

Bénédit se sentait déjà prédestiné à marcher
l'égal des courtiers légendaires, souples, hardis,
éloquents et fastueux. Que lui manquait-il pour
atteindre à la hauteur où ils étaient montés?
Rien, en vérité. Il se disait qu'il était bien sot de
sacrifier au culte souvent ingrat de l'art quand
il pouvait devenir riche, lui aussi, et mener
grand train. Il aurait, ma foi, sa maison en
ville, sa bastide, un cordon bleu et sa voiture
tout comme un autre. Sa mère aurait une

femme de chambre pour la servir et l'accom-
pagner à l'église. Quelle vie était-ce que celle
des cancres de la Bohême à laquelle il appar-
tenait?

Il était temps d'en finir et de s'attacher au
« solide », trop longtemps négligé à la poursuite
d'une gloire douteuse et d'ambitions peut-être
chimériques. Notre cher ami m'a souvent fait
la confidence de ce qu'il éprouva tant que
dura pour lui cette crise. Il m'avoua qu'il avait
été, pendant quelque temps, adorateur fervent
du veau d'or, et c'est pourquoi je crois pouvoir
indiquer ici quelques-uns des sentiments qu'il
éprouvait — sans manquer au respect dû à sa
mémoire. Il faut dire toutefois que, malgré
les avantages qu'il avait sur une foule de
concurrents obscurs, ses débuts dans le courtage ne furent pas des plus heureux. Quelques
tierçons de sucre brut, vendus « franc d'em-
plâtre et de tambour », un petit nombre de
quarts de café et de caisses de sucre Bourbon,
livrés à des magasiniers du Cours, ne réali-

saient guère ses belles espérances. Pourtant,
il traita enfin une grande affaire. il ne s'agissait de rien moins que de cent barriques de
sucre de la Martinique. Tout le favorisait cette
fois, car le « vendeur » était son protecteur lui-
même, l'honorable M. Altaras. Quelles courses !
quel entrain ! Que de peines prit l'ambitieux
courtier marron ! Pour le coup, il tenait le succès.
Aussi se forgeait-il des félicités inouïes et
ne rêvait-il que fêtes bizarres, que voyages en
bateau sans nombre, à la fin du spectacle, du
quai aux restaurants marins de la Réserve ;
qu'oursinades colossales au Château-Vert.
— Dieu me pardonne, il se préoccupait déjà du
choix des convives des deux sexes qui seraient
appelés à prendre part à ces festins de la
« Décadence ». Il avait déjà désigné « in petto »
les actrices, les choristes, les dames du corps
de ballet et celles des loges à l'année qu'il
honorerait d'une invitation, et vous pensez bien
que ce n'étaient ni les moins jolies ni les moins
fringantes. O éternelle actualité de la fable de

Perrette et de son pot au lait ! Il arriva que cette affaire, qu'il avait si bien ébauchée, fut terminée par un autre. « Tulit alter honores », hémistiche virgilien, que je prendrai la liberté de traduire ainsi : Un courtier royal toucha la censerie. Le coup, fut rude. Bénédit éperdu, sans force devant cette déception, rentra chez lui et se mit au lit. Il fut bien malade, comme Mourou après la bagarre du « Cheval marin »; mais il n'en mourut pas. Il jura seulement, convaincu qu'il lui manquait la « grâce d'état » pour être courtier, qu'on ne l'y prendrait plus et se tint parole. Sa fée, un instant alarmée et à l'influence de laquelle il fut sur le point d'échapper, reprit tous ses droits sur son élève favori. Il ne songea plus qu'à réaliser son grand projet : — aller à Paris et entrer au Conservatoire, en assurant à sa mère les ressources nécessaires pendant son absence.

— Cette fois il réussit.

* *
*

Les mauvaises langues prétendaient que
l'illustre Chérubini, directeur du Conservatoire
de Paris, accueillit Bénédit en lui disant : « Tu
es bien laid ! » Je n'en crois rien. Bénédit n'était
pas laid, tant s'en faut, pas plus que Rachel
dont Théophile Gautier disait : « Elle n'est laide
que pour les imbéciles. » Ce n'est pas qu'il fût
très beau ; mais son visage était de ceux qui
inspirent la sympathie et la confiance et qu'on
aime à revoir comme on aime à relire certains
livres simples, clairs, honnêtes, émouvants,
qui ont le don d'intéresser plus que d'autres
d'un plus grand renom. Il était petit de taille,
mais bien fait, leste dans ses mouvements et
dégagé dans ses allures, jusqu'au temps où
l'obésité devint chez lui un peu marquée, ce qui
ne l'inquiétait guère, car il disait quelquefois en

riant : « Mon ventre prend du corps ». Il avait de
beaux cheveux noirs, fins et abondants, les
dents blanches, le regard franc, des yeux qui,
comme dit Georges Sand, en parlant d'une de
ses plus fières héroïnes : « embrassaient d'em-
blée . l'objet de son attention. » Chérubini,
malgré sa brusquerie et son humeur irritable,
n'était pas homme à traiter ainsi un enfant du
Midi, aux traits énergiques et réguliers, qui se
présentait à lui pour la première fois. A coup
sûr, il n'aurait pas mieux aimé un bellâtre,
sachant très-bien le genre de beauté qu'exige
le théâtre pour ses élus.

  Les personnes qui voudraient savoir comment
le nouvel élève employait son temps au Conservatoire n'ont qu'à relire la partie du poème de
Chichois où le héros lui-même nous entretient de
ses études et de son train de vie. Chichois parle
pour Bénédit, se plaint pour lui de l'ordinaire
de la maison et se félicite d'avoir accès dans les
loges du Théâtre Italien et du Théâtre Français.
C'est par le « nervi » corrigé que nous apprenons

les bons souvenirs laissés par notre ami au
Conservatoire. Aussi serai-je quitte envers le
lecteur, à cet égard, quand j'aurai rappelé
qu'à la fin de ses études il obtint le premier
prix de déclamation lyrique et qu'il fit son début
réglementaire au théâtre de l'Odéon, dans le
rôle de Figaro du *Barbier de Séville* de Rossini,
en même temps que son camarade de classe,
Duprez, qui remplissait le rôle du comte Alma-
viva. Ces deux élèves, qui devaient avoir des
destinées si différentes, n'eurent qu'un succès
d'estime. Bénédit fut même plus applaudi que
Duprez qui, pourtant ne s'avouant pas vaincu,
alla se retremper en Italie, d'où il revint, avec
un art nouveau, fanatiser le public du Grand
Opéra et porter à Adolphe Nourrit, sur le
théâtre même de sa gloire, le coup mortel que
l'on sait. Mais Bénédit, pourquoi borna-t-il à
ce début sa carrière dramatico-lyrique ? Pourquoi s'éloigna-t-il volontairement de la scène ?
Il me fut impossible de répondre à ces questions
jusqu'au jour où je le vis jouer, au Grand-

Théâtre, dans une représentation à bénéfice,
le rôle de *Figaro*, qu'il connaissait si bien et
qu'il chantait on ne peut mieux. Il m'en coûte
de faire ici cet aveu; mais, voulant être vrai
quand même, je m'inclinerai encore devant la
maxime de Voltaire : « On doit des égards aux
vivants, on ne doit aux morts que la vérité. »
Il me faut donc convenir que Bénédit, ce
conteur si vif, si animé, cet observateur
plein de finesse, dans un salon et dans un
cercle, qui épiait si bien les ridicules et les
reproduisait avec des inflexions et des nuances
d'expression d'un comique achevé; qui connaissait si parfaitement l'art de la diction et
l'enseignait avec une incontestable aptitude,
était lui-même, au théâtre, un assez mauvais
comédien.— Au rebours de Lekain et de Rachel,
peu expressifs dans la vie réelle et qui se trans-
figuraient sur la scène, sa vivacité, la mobilité
de son visage, son « brio » naturel disparais-
saient tout-à-fait sitôt qu'il mettait le pied
sur les planches. Il y semblait paralysé, inco-

lore, sans animation. Je suis convaincu que,
sans s'être confié à personne, ce côté faible et
étrange de son talent et de sa nature d'artiste,
dont il avait la conscience, lui fit prendre la
résolution de rompre avec le théâtre. Pourtant
il lisait à merveille, surtout ses compositions
provençales ; mais il ne fallait pas qu'il y eût
la « rampe » entre lui et le public. Il ne se
donnait tout entier à son auditoire et ne savait
le saisir qu'à la condition de n'en pas être
séparé par la ligne de feux au delà de laquelle
s'élève le monde idéal dont parle Schiller :
« où il n'y a de réel que les larmes ». — Les
succès de lecture de Bénédit ne sauraient
guère être comparés qu'à ceux plus étonnants
encore qu'obtenait Méry, dans la grande
salle du Musée, aux séances publiques de notre
Académie, où je l'ai vu produire, au sein du
plus brillant auditoire, un enthousiasme qui
tenait du délire. Rien ne saurait égaler, en effet,
l'impression que fit le beau poème ayant pour
titre : *La France en Afrique*, lu par Méry, en 1840,

dans une de ces solennités littéraires. L'auteur
de *Chichois* ne visait pas à ces effets grandioses ;
mais il en obtenait de très flatteurs. On se
rappelle encore, à l'Athénée, ses lectures qui
égayaient les soirées musicales et littéraires
de ce cercle si distingué.

**

Marseille s'était peu agrandie, dans les
dernières années de la Restauration, quand
Bénédit revint du Conservatoire. Seulement
elle avait déjà réparé largement ses pertes
matérielles. La génération nouvelle, en pleine
prospérité, ne songeait guère aux souffrances
passées. Les mœurs se transformaient et l'aspect
des choses changeait sensiblement. Des raffi-
nements jusqu'alors inconnus s'introduisaient
dans les habitudes de toutes les classes. Le
char-à-bancs et la voiture remplaçaient la

carriole et le « tendoulet » dans les chemins étroits de la banlieue, et l'âne, malgré le portrait flatteur que Buffon en a fait, n'avait plus l'honneur de porter les dames marseillaises à leur bastide. Les jeunes filles des vieux quartiers avaient rejeté le « cotillon de gavot » et adopté les étoffes dont s'habillaient d'ordinaire les « demoiselles ». Elles étalaient leurs cheveux et abandonnaient la « coquette » aux femmes d'âge qui avaient pris part aux farandoles de 1814. La cassie à la bouche, aux promenades du dimanche, donnait seule une idée des anciennes élégances populaires.

Quant aux jeunes messieurs, ils riaient beaucoup quand on leur parlait des excellents dîners qu'on faisait chez Sibillot à « un petit écu » par tête, et des restaurants marins peints en rouge, établis autrefois entre les murs et les créneaux des batteries basses du fort Saint-Nicolas, — devant la « Réserve ». Sidore, Polycard et le père Icard avaient installé leurs cuisines et leurs salons aériens sur les hauteurs

voisines de l'entrée du port. La bouillabaisse
avait déjà ses petits temples autour de nous,
précurseurs de sa métropole du chemin de la
Corniche. Une population si heureuse et si cossue
ne pouvait manquer de faire un peu d'oppo-
sition au gouvernement. C'est ce qui arriva.
Le souffle du libéralisme remua les esprits. On
se ressouvint de 89. On voulut, dans les rangs
de la bourgeoisie, protester contre les souvenirs
de 1815 et combattre des tendances gouverne-
mentales qu'on supposait hostiles à l'ordre
politique et social sorti de la Révolution.
Dès lors, les préoccupations changèrent d'objet
et les questions d'art et de théâtre se trou-
vèrent au second plan. On sait que parmi
nous l'émancipation intellectuelle, scientifi-
que et politique fut marquée par la création
de l'Athénée, la publication du *Phocéen*, d'Al-
phonse Rabbe, et la création de petits journaux
frondeurs, écrits avec beaucoup de verve et
d'esprit, qu'on lisait avec avidité. Bénédit,
n'ayant rien de mieux à faire, suivit le mou-

vement. Il devint journaliste militant avec le
bon Fabrissy et Germain, étranges physio-
nomies littéraires de ce temps-là. Il écrivit des
satires politiques en vers français qui, comme
son poème sur le *Domino*, ne valent pas, à
beaucoup près, ses poésies provençales. Au
café « Américain », où se réunissait la jeunesse libérale, on l'écoutait. Qui le croirait ? Ce
Bénédit que nous avons tous connu depuis
conservateur et ami de l'ordre, religieux sans
ostentation, passait pour un foudre d'oppo-
sition libérale.

Après la révolution de 1830, il obtint je ne
sais quel emploi à la préfecture. Hélas ! cet
emploi, bien modeste après tant de rêves
étoilés, il le perdit par la même faute qui l'avait
obligé de quitter le comptoir de M. Sciama. Le
malheureux avait dessiné, découpé des carica-
tures et écrit des vers dans lesquels le préfet
n'était pas ménagé. Ces pécadilles ne lui furent
pas pardonnées. Pourtant combien peu tout cela
ressemblait aux horribles vers de la *Némésis*

contre ce préfet, et même à des attaques moins retentissantes, mais non moins injustes, que tel qui se les est permises, a vivement regrettées depuis. M. Thomas, homme d'une grande valeur personnelle, était loin de les mériter. Mais il semblait que tout fut permis contre lui et que ses anciens amis politiques avaient le droit de le traiter en « tête de Turc », sur laquelle chacun peut frapper à son aise et avec impunité. Bénédit paya pour tous les autres, bien qu'il fut le moins agressif et le moins méchant. Après tout, il avait tort, et il faut dire, à la décharge du préfet, qu'il songea plus à la discipline de ses bureaux qu'à ses propres griefs, en se montrant sévère.

Est-il besoin de rappeler ici la vie si honorable et si correcte de Bénédit depuis le moment où il sortit de l'administration jusqu'à son dernier jour ? Cette existence, consacrée au travail et peu accidentée, est connue de tous. Le public a suivi avec un intérêt constant ses feuilletons de critique dramatique et musicale ; il sait que

les concerts qu'il donnait chaque année,
attiraient un auditoire d'élite; il n'ignore ni
ses succès dans l'enseignement du chant et
de la déclamation au Conservatoire de notre
ville, ni ceux qu'il obtint comme professeur
libre; il connaît surtout ses poésies en vers provençaux, qui ont rendu son nom populaire.

Chacun de nous, à propos de la vie entière
de notre ami, peut rendre témoignage des qua-
lités excellentes chez lui de l'homme privé et
constater, pour ce qui concerne ses travaux,
le rare mérite de l'ouvrier.

* *

L'auteur de *Chichois* fait un aveu singulier
dans la préface de la dernière édition de ses
œuvres. Il déclare qu'avant d'avoir lu le livre
de Gros, il « détestait » la poésie provençale. Le
mot dépasse peut-être la mesure du sentiment

qu'il voulait exprimer. Prenons-le seulement
comme preuve du dédain qu'il éprouvait pour
certaines productions contemporaines , dans
l'idiome qu'il a manié depuis avec tant de
grâce, avant que la lecture d'un fragment du
Salut à Madame Varanchan, le mit sur le chemin
de Damas. Ajoutons que ce dédain même n'était
pas légitime. Il y a de très jolis détails dans
les poésies de Pierre Bellot, et, à tous les points
de vue, quelques unes des chansons de Victor
Gélu, sont des chefs-d'œuvre. La vérité est que
Bénédit sut mieux que ses rivaux toucher la fibre
sensible du public et en obtenir les suffrages
pour ses petits tableaux de la vie marseillaise
si finement touchés et si vrais de couleur. On
ne pouvait guère accepter « l'abondance stérile »
de Bellot, bien que « parfois il étincelle »,
et par l'âpreté même de son réalisme puissant,
Gélu repoussait les délicats ou ceux qui avaient
la prétention de l'être. Bénédit trouva du
premier coup le terme moyen, dans ses petits
poèmes dont le *Nervi de M. Long* était le héros,

entre ces deux extrêmes, si bien qu'il sembla
au lecteur séduit que nul ne savait aussi bien
que lui façonner le vers provençal et mettre en
scène notre bon peuple marseillais. Le fait est
que le succès de ses deux premières publications
fut très grand. Méry n'en revenait pas, et Barthélemy enchanté se mit lui-même à écrire ces
belles épîtres dans lesquelles on sent la griffe
du lion. Les journaux d'alors furent remplis
d'appréciations flatteuses pour notre poète. Une
des notabilités de notre barreau voulut voir une
portée sociale dans *Chichois*. Il soutint cette
thèse, dans le *Messager*, à grands renforts
d'articles tous plus spirituels les uns que les
autres. Quant au public, il se contentait d'ap-
plaudir. L'épisode du *Cheval marin*, surtout,
« empoigna », comme on le dit de nos jours, les
plus indifférents. On le savait par cœur, et
c'était une bonne fortune de l'entendre de la
bouche des gens qui savent lire le provençal.
C'est, en effet, un morceau achevé que cette
scène d'un si remarquable accent local et

où la nature, on peut le dire, est prise
sur le fait. Encouragé par le succès de ces
premiers vers, Bénédit donna des proportions
plus larges à sa création. Il visa au poème
épique et au drame, si bien que nous eûmes
Chichòis au Conservatoire et *La Police correctionnelle*, où des figures, presque toujours réussies,
vivent et joignent l'action à la parole. Le
« merveilleux » de cette badine épopée consiste
dans l'intervention, au milieu du monde réel,
des *matagots*, esprits familiers de notre population. Bénédit en fait les porte-voix de ses
critiques littéraires envers ses rivaux, et
même les organes de ses griefs personnels
contre tels ou tels personnages dont il croyait
avoir à se plaindre. Mais il fallait déjà, au
moment où il publia la partie de son poème où
les matagots font rage, bien chercher pour
trouver, sous la bizarrerie de ses expressions
plus que tintamarresques, les noms de ses vic-
times et la nature de ses rancunes. Il est presque impossible aujourd'hui de voir clair dans

cette débauche de sa fantaisie. Ce qu'il est encore facile de saisir, c'est la parodie de l'orthographe de ses confrères et de leur manie de terminer les infinitifs par des *r*, dans la stance du quatrième Matagot. Il reprend cette question dans le préambule de *La Police correctionnelle*. — On ne se doute guère des conflits qui se produisent entre les poètes provençaux de Marseille, à propos de ces détails qui paraissent peu importants aux yeux des profanes. J'ai assisté à des discussions ardentes sur ces sujets-là. Bénédit avait pris parti pour le principe de l'orthographe adaptée à la prononciation et pour les infinitifs en *a* sans *r*. Il avait un grain de fanatisme à cet endroit. Par malheur, la question n'est pas encore résolue. Malgré son autorité, il y aura encore ici des versificateurs entêtés, des intransigeants littéraires qui continueront à abuser non seulement des *r*, mais encore des *t* et des désinences en *ch*. Sans prendre parti dans ce grand procès, contentons-nous de souhaiter qu'une transaction intervienne,

et qu'il se termine enfin, dans l'intérêt de
la paix, au sein du Parnasse marseillais.

Sans contester le moins du monde le mérite
d'observation déployé par Bénédit dans son
drame de *La Police correctionnelle*, et l'art avec
lequel il a su traduire les tirades de la Tisbé
d'*Angelo*, pour montrer que la langue de notre
peuple peut se plier à l'expression des sentiments les plus intimes du cœur, j'avoue que
je me suis toujours senti plus particulièrement
attiré par ses premières épîtres, par *Chichois au
Club* et par ses contes. La lecture attentive que
je viens de faire de son livre a confirmé mes
premières impressions. Les morceaux que je
viens d'indiquer me paraissent encore, comme
autrefois, d'un très grand prix. Bénédit y est
plus vrai, plus vif, plus sincère que dans tous
les autres. Il s'y montre avec toute la finesse
de son sentiment et de son ironie. De plus, il y
met quelque chose de la langue de Molière, qu'il
possédait si bien et dont il n'osait pas pourtant
introduire les tours naïfs et les hardiesses dans

ses vers français et dans sa prose aux formes simples et aux allures discrètes. Le style de notre incomparable comique, ces couleurs si variées et si riches du vieux langage que Lafontaine et Molière furent les derniers à parler, parmi les grands écrivains du siècle de Louis XIV, c'est seulement dans les vers provençaux de notre ami et dans les pièces dont nous parlons, qu'on en retrouve les traces sensibles, aussi bien pour la forme que pour le fond des choses. N'y a-t-il pas, en même temps qu'un reflet de la haute comédie, un rayon du génie de Molière dans le discours du clubiste Magaud? Et les contes! ne sent-on pas à quelle coupe s'est désaltéré de bonne heure celui qui les a écrits? Mais c'est par lui qu'il fallait les entendre lire, comme il aurait fallu voir le maître par excellence de la scène française jouer les principaux personnages de sa création, sur son théâtre. C'est, nous le répétons, avec ses contes que Bénédit a obtenu les succès les plus vifs auprès des gens de goût et des lettrés. Dans un des dîners traditionnels de l'Académie, il lut au dessert celui qui a pour titre : *La Tête de mon Chien* et dont le sujet lui avait été donné par M. le président Luce. Parmi les convives se trouvaient Monseigneur de Marseille et Monseigneur de Cérame qui, ma foi, riaient comme tout le monde et même quelquefois un peu plus fort. Le Président était ravi de voir son historiette d'audience traduite avec tant de verve et d'esprit. C'est dans une des soirées littéraires de l'Athénée dont j'ai déjà parlé qu'il nous débita pour la première fois ce morceau exquis dont le sens est contenu presque tout entier dans le titre : *Frappant !* Il tenait le sujet de M. Charles Roux, auquel le conte est dédié et qui lui avait finement indiqué les mouvements de la scène, les nuances et le trait final. Là encore, Bénédit eut un de ces succès qui chatouillent « l'orgueilleuse faiblesse » d'un cœur d'homme de lettres.

Ainsi dans ces contes, comme dans la plupart des pièces que contient le recueil de ses œuvres complètes, dont la dernière édition est épuisée, on reconnaît la richesse des sources auxquelles il s'est abreuvé. — Il a été dignement récompensé, par la reconnaissance du public, de son culte fervent pour ses maîtres.

*
* *

Tous nos Marseillais célèbres ont beaucoup aimé leur ville natale, ce qui ne les a pas empêchés de la critiquer très souvent. On connaît la mordante satire de Barthélemy, qui a pour titre : *Marseille, petite Revue d'une grande ville*, et les réflexions amères de Méry sur la reconnaissance « restreinte » de ses compatriotes pour leurs grands hommes. Bénédit, de son côté, ne nous ménageait pas l'épigramme. Les premiers vers de *Chichois* en

sont la preuve. Pourtant personne n'a plus
aimé que lui la chère cité dont il avait
signalé avec malice certains ridicules. Dans
les dernières années de sa vie, cet amour était
devenu exclusif et jaloux. Mais l'objet de son
affection n'était pas cette ville transformée et
agrandie dans des proportions colossales, telle
qu'on la voit aujourd'hui et que l'étranger est
forcé d'admirer. C'était « le pays » de ses souvenirs de jeunesse, c'était Marseille d'avant cette
période qu'on a appelée l' « Ère des grandes
créations ». Les progrès accomplis, les embel-
lissements, les constructions nouvelles, les
travaux gigantesques et les monuments, plus
ou moins heureux, sous le rapport de l'art, qui
s'élevaient sous ses yeux, le laissaient distrait
et froid. Il avait une manière à lui d'apprécier
ces changements et ces objets. Pour un peu,
il eût déclaré qu'on lui gâtait Marseille
sous prétexte de l'embellir. On assure qu'il
n'a jamais voulu voir ni les Docks, ni les
nouveaux ports de la Joliette, ni connaître

l'état des choses à l'endroit des terrains conquis sur la mer. Le fait est qu'il n'abordait jamais de lui-même ces sujets-là et qu'il se dérobait volontiers quand on voulait en causer avec lui.

Sur ce chapitre, on le trouvait pire que le vieillard d'Horace « Laudator temporis acti »; il se faisait intraitable et grondeur. Lui parlait-on du prodigieux développement de la cité nouvelle, il répondait :

— Oui, le ratelier s'est agrandi; mais la provende est-elle plus abondante pour chacun de nous ?

— Et le progrès, lui disait-on ?

— Le progrès ! parlons-en. Autrefois, quand il s'agissait d'honorer les dévouements du temps de la peste, on mettait sur une place publique le « Génie funèbre » de Chardigny, un chef-d'œuvre. Aujourd'hui, nous avons la statue de Belsunce, par M. Ramus !

Cette susceptibilité n'empêchait pas Bénédit d'être toujours fort spirituel et fort indulgent,

à propos d'autres sujets, et de se montrer aussi
charmant causeur que dans son beau temps.
Seulement, ses préoccupations s'étaient tour-
nées d'un côté qui n'a rien de gai. Il ne pensait,
en effet, qu'à la tombe dans laquelle sa mère et
lui devaient trouver l'éternel repos. Ce fut
l'acteur L..... qui lui inspira ces idées funèbres. L..... était mélancolique et même un
peu morose, comme la plupart des comiques
célèbres. Un jour nous le vîmes entrer dans le
magasin de librairie de Louis Chaix tout guille-
ret et tout souriant. On fut étonné ; mais ce fut
bien autre chose quand on connut le sujet de
ce grand contentement. Le spirituel acteur
tenait à la main une lettre de Paris dans
laquelle je ne sais quel fournisseur de monuments funèbres, lui annonçait qu'il consen-
tait à lui céder, dans les prix doux, un
tombeau tout fait, dont les ornements et
l'aspect avaient séduit notre artiste :

— C'est une affaire superbe, s'écriait L.....
J'ai un amour de tombeau !

Bénédit était-là. Il vit cette gaîté funèbre;
il en fut frappé. Avec des prétentions plus modestes que celles de L...., il voulut se procurer
les mêmes motifs de satisfaction. Aussi eut-il sa
tombe en marbre. Mais ce ne fut ni par lui ni
par sa mère qu'elle fut étrennée. Une bonne
qui avait servi avec beaucoup de zèle et de
patience madame Bénédit, y fut déposée la première. Notre ami ne tarissait pas d'éloges sur
cette pauvre servante ; il me mena un jour lire
l'inscription par laquelle il honorait sa mémoire.
Elle occupe presque toute la surface du marbre.

— Mais Bénédit, lui dis-je, si nous sommes
destinés à vous survivre, il nous restera à
peine la place pour inscrire là votre nom et
rappeler vos vertus !

— Vous abrégerez, me répondit-il, en for-
çant les notes graves de sa voix. Quand il
s'agit de reconnaissance, il ne faut pas faire
les choses à demi.

Il les avait faites aux trois quarts. — La mère
de Bénédit, morte à un âge très avancé, suivit

de près sa servante. Pour lui, il n'arriva que le dernier dans l'asile qu'il s'était préparé. Nous l'accompagnâmes au fatal rendez-vous le 9 décembre 1870, lendemain du jour où il alla rejoindre, dans le monde des âmes, nos amis et nos maîtres partis avant nous, ces intelligences d'élite, ces cœurs si bons qui l'avaient connu et aimé et qui, là haut, lui souhaitèrent la bienvenue. Bénédit était de la famille des célébrités marseillaises dont nous sommes justement fiers. Mais pour ce citoyen inoffensif dont la vie fut si pacifique et si calme, quelles funérailles et quelles tourmentes politiques! La société était troublée comme les éléments à l'heure où il nous quitta pour toujours. Son convoi funèbre fut assailli par un ouragan. On pouvait à peine avancer, et ses confrères de l'Académie faisaient des efforts inouis pour retenir le poêle auquel « le vent faisait la guerre.» Au bord de la tombe, M. Auguste Morel prononça un éloquent discours. Sa parole émue était souvent interrompue par la tempête.

La nature se plait à ces contrastes. — Ils n'étaient pourtant pas nécessaires pour graver dans la mémoire des amis du poète, réunis autour de sa dépouille mortelle, le souvenir de ce jour de deuil.

ADOLPHE CARLE.

Juillet 1875.

PRÉFACE

Il ne faut jamais dire : fontaine
Je ne boirai pas de ton eau.
(La Sagesse des Nations.)

Pendant longues années, la poésie provençale n'obtint de moi pour tout hommage qu'une profonde indifférence et, pourquoi ne pas l'avouer, une assez vive répulsion ! Les rares écrits que j'avais lus de certains *Troubadours* répondaient si faiblement à mes idées ; je trouvais si peu de rapport entre la langue provençale formulée en hexamètres et cette même langue parlée chez le peuple avec une aisance et un naturel si parfait, que le désir d'écrire en vers dans

mon idiome natal ne me serait jamais venu
sans les circonstances singulières dont je vais
dire un mot dans cette préface.

En 1837 et par une belle matinée de prin-
temps, pour parler comme feu M. de Bouilly,
je goûtais les plaisirs de la villégiature. Non-
chalamment assis sous un pin gigantesque, ma
vue charmée venait de parcourir le vaste et
magnifique panorama que l'on découvre des
hauteurs de Sainte-Marguerite, lorsque je vis
venir à moi, roulée par la brise, une feuille
imprimée ; je la pris d'une main distraite et
je lus :

Salud Madamo Varanchan,
Vous souvenè plus de Mauchan,
Qu'antan à Santo Margarido
Fasias lippa qu'oouquo bourrido
Qu'en juguan despingolo oou soou
Li disias mascaro lansoou ;
Que si metié dins léis cornudos
Quand jugavias eïs escoundudos ;
Que malaouto dins vouestré lié
Vous veniè teni coumpagnié ?
V'énembro deï paourei sigalos
Qu'emeou li coupavias leis allos
Et qu'à la ragi doou souleou
Li mettias une paillo oou cueou

Et quand din la tezo en fatiguo
Em'eou prenias de bequefigo ?
V'en souven plus ? oou cadebieou
Alluqua mi ben, car sieou yeou !

. . . .

. . . .

Cela me parut charmant. Mais d'où venait
cette poésie ? à quel livre avait-elle appartenu ?
quel était le nom de son auteur ? J'allai trouver
Louis Méry qui sait tout, pour avoir le mot de
l'énigme. Tenez, lui dis-je, voici un fragment
de poème que j'ai trouvé par hasard ; con-
naissez-vous son origine ?

Et parbleu, me dit Méry, en voyant la feuille
anonyme, elle vient du livre de Gros, édition
de 1763, imprimée par Sibié.

— Cela me donne envie de lire le reste,
répondis-je.

— Je le crois bien.

— Où peut-on se procurer l'ouvrage ?

— Il est rare aujourd'hui, dans cette édition
surtout, mais vous le trouverez au Musée, à la
bibliothèque de la ville.

Le lendemain je lus d'un bout à l'autre le
volume de Gros, et je dois le dire avec la même
franchise qu'au début de cette préface, mes

idées sur la poésie provençale furent complètement modifiées. Ce volume a deux cents
pages, il contient quinze cents vers au plus,
mais tournés de telle façon qu'ils ont suffi à
son auteur pour le rendre populaire entre tous
et lui faire une célébrité qui, loin de s'effacer
avec le temps, n'a fait que grandir après un
siècle. Ce que l'on trouve dans les poésies de
Gros, c'est l'esprit, le goût, l'observation, le
sentiment littéraire, une richesse d'expression
sans égale, et par dessus tout le naturel et la
simplicité. Qu'on en juge par la petite pièce
suivante :

A MOUN ESPOUSO

EN LI MANDAN UN PRÉSENT.

Partes, gagi de ma tendresso,
A ma mouïllé vous mandi em'allegresso.
Pouedi-ti mies vous emplugua ?
Aurieou, per la mies satisfaire,
De plus doux presens à li faire ;
Mai lei li pouedi pas manda.

A mon avis la seule chose qui manquait au
poète méridional par excellence, c'était l'éner-

gie, cette énergie franche et parfois brutale
qui avec l'esprit comique constituent *le fond* de
notre langue, comme aurait dit Figaro ; mais
je le répète, ce que j'avais lu de Gros avait
opéré en moi un changement subit. Désormais
je ne détestais plus la poésie provençale, je
l'acceptais même sans rancune, seulement pour
m'y convertir tout-à-fait il ne fallait qu'une
circonstance, un hasard peut-être. Voici
comment il se présenta :

Je sortais du théâtre et m'acheminais vers
mon logis, par le Port ; le quai était désert,
le ciel noir, et le vent sifflait dans les cordages
des navires, toutes les boutiques avaient soufflé
depuis longtemps sur leurs quinquets ; à peine
quelque triste reverbère projetait ses rayons
douteux sur le chemin du passant. Je répétais
en moi-même les merveilles musicales que
Meyerbeer avait jetées à mes oreilles pendant
la soirée, quand je tombai tout-à-coup dans un
formidable guet-apens de *Nervi !* Ils étaient
douze me barrant le passage et répétant le mot
d'ordre de leur confrérie : *Que la volonté de Dieu
soit faite !* Oh ! dans ce moment, je regrettai de
toute mon âme ces poings vigoureux faits à
l'image du bélier romain, ces épaules carrées
et ces formes athlétiques dont le ciel a si lar-

gement pourvu plusieurs de mes amis, jeunes
hommes d'éducation et d'intelligence, qui;
grâce à leur force physique, jouent, au besoin,
auprès des *Nervi*, le rôle que les Lamoricière et
les Changarnier remplissaient avec tant de
succès à l'encontre des Bédouins d'Afrique. Le
Nerf même, quand il a la supériorité du nombre,
s'applatit instantanément sous un coup de
poing ; mais une main faible

Telum imbelle sine ictu

ne fait que rendre votre situation plus critique.

J'essayai donc de me soustraire à cette bande
en cherchant une issue du côté de la muraille,
mais les misérables m'attaquèrent, et sans
l'intervention heureusement prompte d'un ami
robuste que le hasard amena sur le lieu de la
scène, je me serais vu peut-être précipité dans
le Port au cri de ralliement : *Que la volonté de
Dieu soit faite !* Quoi qu'il en soit de cette devise,
j'ose croire que la volonté de Dieu n'est pour
rien dans de pareils passe-temps.

Quelques mois après, j'eus la douce conso-
lation de voir une partie de ces *nervi* en face
du tribunal, présidé par M. de Laboulie, qui
professait pour ces trouble-repos une répulsion

invincible. Cette fois on tourna contr'eux leur
mot d'ordre : *la volonté de Dieu* et de M. de Laboulie se fit ; ils furent tous condamnés à un
terrible emprisonnement, non sans avoir essuyé
à bout portant les épigrammes de bon goût
que l'honorable président leur décocha avec
infiniment d'à-propos.

Cette séance judiciaire, une des plus curieuses
et des plus incidentées qui se soient produites
dans les fastes de la police correctionnelle,
m'avait vivement impressionné ; je la savais
par cœur et je la racontais souvent à mes
intimes sans omettre un seul trait, lorsque
notre grand poète Barthélemy vint à Marseille.
Ceux qui connaissent Barthélemy et son esprit
observateur comprendront le plaisir qu'il dut
éprouver au récit de ces peintures de mœurs
locales. Chaque matin une anecdote nouvelle,
un épisode inédit venait le distraire et le mettre
en bonne humeur. Un jour enfin Barthélemy,
dont la franchise est proverbiale et qui ne
dissimule guère sa pensée, m'invita sérieusement à formuler dans un poème les faits et
gestes du *nerf* provençal. L'ordre public et la
sûreté personnelle des citoyens y sont inté-
ressés, me dit le poète, vous possédez votre
sujet à merveille et vous n'aurez qu'à prendre

la plume pour faire des vers charmants. Je
reculai d'abord devant une pareille tâche ; Barthélemy insista, et vivement encouragé par
les paroles bienveillantes du poète, je promis
sur ma foi de satisfaire son désir.

Le type que j'avais à peindre, c'est-à-dire le
Nerf, n'est pas absolument un produit que le
sol marseillais porte à l'exclusion de tous les
autres sols ; à Naples, on l'appelle le *Lazzarone* ;
à Rome, le *Transteverin* ; à Paris, le *Gamin* ; à
Londres, le *Cockney* ; mais notre *Nerf* n'a, il
faut le dire, que de vagues traits de ressem-
blance avec ces races légèrement bohémiennes
qui campent avec tant d'insouciance dans les
grandes cités. La création toute marseillaise
de cette énergique dénomination de *Nerf*, est
enveloppée de quelque mystère ; il serait difficile d'en préciser la date ; je croirais volontiers
que ce mot jaillit tout-à-coup du sein d'un
parterre de théâtre, ou qu'il tomba avec la
rapidité d'une flèche des galeries du cintre. La
première fois qu'il parut dans un journal et fut
dévoilé au lecteur, ce fut dans le *Sémaphore* ; il
échappa à la plume d'un rédacteur de cette
feuille, qui a fait une étude sérieusement
approfondie des mœurs du *Nerf*. De ce jour, la
vulgarisation du mot *Nerf* fut complète, car

jusque-là il était resté entre ceux qui en
méritent l'application ; c'est un *Nerf* qui le
premier cria vigoureusement à un de ses sem-
blables : *o nervi !* Voulait-il par là indiquer la
façon sèche et énergique avec laquelle les
membres du *Nerf* sont accusés, sa démarche
raide et anguleuse, ou la brutalité de ses
mœurs et l'énergie cinglante de ses revers de
main ? Je l'ignore. Toujours est-il que ce terme
qui, lancé par une bouche provençale est si
riche de mélopée, a été adopté universellement
comme portant à l'esprit, par le jet de ses deux
syllabes, l'image saisissante du Marseillais
qu'il désigne.

Le *Nerf* se reconnaît au vêtement, à la démarche, à sa manière de vivre, à l'ordre d'idées
dans lequel il se maintient jusqu'à ce que l'âge
lui courbe l'épine du dos et lui enlève les
dents. Il affectionne la veste ronde, quand il
en a une, de préférence à tout autre vêtement.
Son pantalon presque toujours fraîchement
restauré à l'endroit des reins, lui permet par sa
justesse de mettre en relief tous les avantages
de sa taille, et il ajoute encore à cet effet des
plus pittoresques, par un certain mouvement
en arrière ; de sorte qu'il a le ventre enfoncé et
la partie inférieure du dos en grande saillie.

Ses épaules, par leur balancement, expriment
une parfaite satisfaction, et une disposition
toujours prochaine à la lutte. Ses bras, qui se
terminent par des poings tenus fermés, oscillent
comme deux balanciers, les coudes bien en
dehors : c'est ainsi qu'il se montre sur nos
promenades, où la vue d'un habit le crispe et
l'exaspère. Le *Nerf* déteste cordialement tout
homme vêtu d'un habit ; il le baffoue, le raille,
s'embusque pour le surprendre en flagrant délit
d'un amour de *Nerfe*, et s'il peut le provoquer
sans courir un trop grand danger, il le fait
avec une brutalité d'expressions et de manières
extraordinaire.

La *Nerfe*, qu'il ne faut pas confondre avec la
grisette, a peur du *Nerf*, qui fait sur elle l'effet
du vautour sur le moineau franc. Quand le
Nerf s'approche de la *Nerfe*, celle-ci, moqueuse
d'habitude, qui répond par un : *Arléri, qué mi
voulé ?* aux propos amoureux du *Monsieur*, perd
toute arrogance en face de son seigneur et
maître, se fait petite... petite, se courbe jusqu'à
terre, les plumes ébouriffées de peur, la joue
pâle et la bouche sans voix.

On aurait tort de mettre sur la même ligne
le *Nerf*, ce fainéant, ce vagabond, et l'ouvrier
laborieux, chez qui revit le véritable et honnête

caractère Marseillais : celui-ci déteste le *Nerf*,
qui fait souvent porter sur notre population un
jugement sévère et immérité par l'étranger ;
on l'a vu bien des fois voler au secours d'un
Monsieur, victime de la brutalité des *Nervis*.
Autant les honnêtes gens et la police doivent
chercher à faire disparaître de notre ville les
mœurs sauvages et grossières que l'ignorance,
la débauche et la paresse enfantent, autant on
doit apprécier la vertu modeste et toute patriar-
chale de la plupart de nos familles d'ouvriers.

A cette courte physiologie il faut ajouter un
dernier trait. Orgueilleux et fier de sa nature,
comme le sont en général tous les Marseillais,
le *Nerf* hardi, aventureux, a conservé toutes
les allures indisciplinées de ses ancêtres ; les
coups, il les brave, les condamnations, il les
subit et s'y soumet. Le *Nerf* ne craint qu'une
seule chose : le ridicule. Or ce principe admis,
comment devais-je aborder mon sujet ? Sur le
ton de l'indignation et de la colère ? Mauvais
moyen. Les imprécations de ma Muse eussent-
elles été cent fois plus énergiques et plus ter-
ribles que celles du grand Corneille dans *les
Horaces*, loin d'aboutir auraient manqué le but.
Le *castigat ridendo mores* me semblait préférable.
Je pris donc pour modèle et pour conseiller le

maître des maîtres, Molière ! et m'inspirant de
cet auteur inimitable dont j'avais fait une
longue étude, mon premier Chichois fut fait en
peu de jours et à ma grande surprise je me
trouvai poète sans m'en douter et pour ainsi
dire sans le savoir. Encouragé par ce succès,
la Conversion de mon héros ne se fit pas
attendre. Barthélemy répondit à ce poème par
une admirable épître (1), ensuite vint *Chichois
au Conservatoire*, puis enfin la *Police correctionnelle*, qui était la reproduction à peu près
exacte de la séance judiciaire où les repré-
sentants de la volonté de Dieu sur la terre
avaient reçu de M. de Laboulie une si rude
atteinte à leurs prérogatives.

Au reste, les prévisions de Barthélemy
s'étaient réalisées ; le coup avait porté. A
mesure que mes poèmes provençaux tirés à
plusieurs éditions et répandus par centaines se
firent jour chez les classes populaires, le *Nerf*
tempéra son allure agressive : le ridicule était
là suspendu sur sa tête et cette circonstance le
mettait, sans doute, en considération. Les
Nervis téméraires à l'excès n'auraient pas reculé

(1) Cette épître se trouve dans le troisième poème
intitulé : *Chichois au Conservatoire*.

devant une correction énergique, les peines
judiciaires ne les auraient pas intimidés le
moins du monde ; ce qu'ils redoutaient de ren-
contrer au Tribunal ce n'était pas le châtiment
de la loi, quelque sévère qu'il fût, mais l'épigramme, la raillerie, le sarcasme et l'application de quelques vers moqueurs. Aussi dès
ce moment, les attaques nocturnes contre les
citoyens inoffensifs furent-elles moins fré-
quentes et les condamnations plus rares. On le
voit, c'était corriger en riant.

Toutefois la mission que je m'étais imposée
était-elle accomplie ? Amuser c'était quelque
chose sans doute, faire rire aux dépens des
trouble-repos dont les méfaits scandalisaient
la ville, c'était beaucoup, mais à côté de la
punition, où était l'enseignement, où était la
morale ? Ne fallait-il pas une conclusion à tout
cela ? L'expérience ne m'avait-elle pas souvent
démontré qu'il existe chez les esprits les plus
indisciplinés, chez les natures les plus rebelles,
un côté accessible aux sentiments généreux
dont le germe ne demandait qu'à être fécondé
pour donner des fruits salutaires ? Grâce à mes
conseils, *Chichois* s'était amendé, il était entré
au Conservatoire de Paris, appuyé de ma
recommandation. Il s'agissait de savoir main-

tenant quel essor il prendrait dans sa nouvelle
sphère ? Eh bien, c'est là que commence la
seconde partie ou plutôt la contre-partie du
poème. A partir de cette période, le mauvais
garnement que l'on a vu dans le premier chapitre de mon histoire, attaquer les passants,
briser les bancs d'une taverne, molester les
Turcs, insulter une jeune fille dans une promenade publique, ce mauvais garnement, dis-
je, a fait un retour sur lui-même. Entouré
d'hommes instruits et respectables, *Chichois*
apprécie les bienfaits de l'éducation, il travaille
au Conservatoire ; mais loin d'imiter ces élèves
présomptueux qui, après quelques mois d'étude,
viennent sur les théâtres de province étaler
leurs défauts et leur insuffisance, il consacre
cinq années à l'art du chant et de la déclamation, débute brillamment à l'opéra et quitte
le théâtre dans tout l'éclat de son talent, avec
une honnête fortune.

Rendu à la vie privée, *Chichois* retourne dans
sa ville natale, il y retrouve sa mère dont il
soutenait les vieux jours ; de là, il se met à la
recherche de la jeune fille qu'il a insultée, et
répare sa faute en l'épousant. Ce n'est pas tout.
Chichois jeune encore puisqu'il a trente ans à
peine, ne veut pas rester dans l'oisiveté. Que

fera-t-il ? quel parti va-t-il prendre ? le commerce avec ses opérations compliquées, avec
ses chances hasardeuses, ne le tente guère.
Après avoir longtemps réfléchi, le hasard vient
lui offrir un moyen d'utiliser son intelligence
et ses ressources. Une terre magnifique est en
vente dans un village à cinq lieues de Marseille,
Chichois en devient acquéreur : il s'y installe et
prodigue tant de bienfaits autour de lui, qu'il
parvient à se faire aimer de tous, et finit enfin
par devenir Maire de sa Commune en rempla-
cement de M. Sabatier, son prédécesseur, dont
il effaça bientôt jusqu'au souvenir.

Là finit le poème. Prendre l'homme du peuple
turbulent, agressif, dans une condition des
plus infimes, corriger ses vices, ses travers
sans courroux, et le faire arriver ensuite aux
honneurs et à la fortune par la persévérance
dans le travail et dans la bonne conduite ; tel a
été le but de cet ouvrage. Certes, la pensée
morale et philosophique qui domine dans mon
Odyssée provençale, n'est pas neuve, je le sais,
mais enfin si je n'ai pas le mérite de l'avoir
inventée au fond, du moins m'accordera-t-on
de l'avoir vulgarisée par la forme, et de l'avoir
rehaussée par des traits de mœurs et des scènes
d'observations qui, dans mes vers, j'ose le

croire, ne manquent pas d'une certaine originalité.

Pour contribuer autant que possible à l'amu-
sement du public, toujours ennemi de l'unifor-
mité et de la monotonie, j'ai fait suivre mes
poèmes d'une série de contes sur des sujets
comiques. Dans cette dernière partie, ainsi que
dans mes trois derniers *Chichois*, la correction
du style m'a vivement préoccupé. Je dirai plus,
pour répondre aux justes exigences de quelques-
uns de mes lecteurs puristes avant tout, je n'ai
pas même employé les licences que la poésie
provençale autorise, licences dont Gros lui-
même, le modèle des poètes provençaux, a si
largement usé et que nul, à moins d'avoir un
goût décidé pour la chicane et pour la pédan-
terie, ne songe guère à lui reprocher aujour-
d'hui. « Quand le naturel, l'ingénieux et le
naïf, a dit un grand écrivain, sont réunis dans
des ouvrages dont l'originalité piquante re-
hausse le mérite, les fautes échappées à l'auteur
ne sont aperçues que par la critique, et les
beautés qui les éclipsent passent de bouche en
bouche à la postérité. Voltaire a trouvé dans
les fables de Lafontaine beaucoup de défauts
que depuis deux siècles des milliers de lecteurs
enchantés n'ont certainement pas sentis. »

En terminant cette préface, me sera-t-il
permis d'adresser un remercîment à tous les
hommes impartiaux de bonne foi qui m'ont
encouragé, soutenu dans ma tâche et m'ont
couvert de leur égide lorsqu'en butte à des
attaques malveillantes j'hésitais à donner une
suite à mes premiers essais? sans leur appui
j'aurais peut-être renoncé vingt fois à com-
pléter mon *idée*; aussi le livre que je présente
aujourd'hui au public est-il en partie leur
ouvrage et pourront-ils s'en montrer fiers s'il
rencontre quelque succès.

G. BÉNÉDIT.

Marseille, le 5 Novembre 1853.

CHICHOIS

vo

LOU NERVI DE MOUSSU LONG.

Et ti douneri à la filo

Leis agramens de nouestro villo,

Ti parléri d'abord doou Cous,

Fres en estiou, quoiqué pooussous,

Car despui qu'an fa plaço netto,

Touei lei rabeïroous doou cantoun,

Per espragna lou boues et lou carboun,

Oou souluou couignoun d'ooumeletto,

Prochi d'aquel oustaou à façado de gi,

Mounte vias : ICI L'ON CERCI !

T'aï parla de la fouen de la place Royalo

Aquelo puissanto rivalo

De Louei l'arrousaïre publi,

T'aï parfetamen establi

Lei parfums savourous qu'incessament exalo

La barriquo municipalo,

Et lei douis rangs de pissadous

Que soun lou long dei courradous.

Aï pa' ooublida lou port à l'ooudour embaïmado

Que toumbo nuech et jour leï mousco'à la voulado

Et lou plaisi toujour pu noou

De proumena en bateou din la villo quand ploou.

Maï tout aco es pas ren, ami, car aï en testo

Encaro un inciden per accoumpli la festo :

L'enfant quand si va counfessa
Gardo toujour lou gros pecca
Per la fin ; ensin iou ; vas veire,
Que ti menti pas, va poues creïre,
Quant oou sujet que voou trata,
Duou piqua ta curiousita ;
Car enfin va soouras, ooujourd'hui mi réservi,
Barthelemy, de ti parla deï nervi,
Et surtout doou nervi Chichois,
Cita per seï noumbrous explois.

I.

Dounc ; aquéou bédouin de Marsio,
Aou luego de vioure tout nus,
En sagouroupan d'un barnus,
Portavo uno vesto cassio,
Un capeou gris, round de dessu,
Eme douis flots darrié lou su,
En empruntant a soun lingagi
Leïs apparenço d'oou couragi,
Avié ni trevo ni répaoou
Que noun aguesse fa touto sorto de maou :

Quan intravo lou souar, leï vesins tremouravoun,
 Touti leï fios s'estremavoun,
 Dei pus gros nervi doou quartié
 Disien qu'éro lou capourié,
 N'en counvenien senso misteri.
 Despui hiué jour fasié l'emperi,
 Avié sacregea tout lou Cous,
 Foutu de chiquo an'un gibous,
 Roumpu leïs bancs d'uno gargoto,
Estrassa lou capeou an'uno francioto
 Que proumenavo émé sa sur,
 Avié garça de datti an'un Tur,
 Poussa de caramans din l'aïguo
 Oou chantié de mestré Ramaïgo,
 Pui avié coousigua un moussu,
 Apré l'avé tuba dessu,
 Mès treis gats deï Carmé en pooutio
 Embregua un panié de boutio,
 Quatre banasto eï pouarteris.
 Cresi que jamaï s'éro vis
 Un mooufatan d'aquello espeço,
 Lei brayos remplidos dé peço,
 Si pavanegeavo oou souluou,
 En moustran lei gaoutos doou cuou,

Su lou beou mitan deis Alléïo,
En crésen de faïré merveïo,
Lou matin doou jour de San-Jan,
Emé un troué de brus à la man,
Aqueou troué de brus es l'emblemé
Aoussoulu, doou poude suprèmé
Qu'an leï nervi en aqueou jour,
Or, ooujord'hui coumo toujour
(Ren de parié en d'aquello ooudaço)
Si carroun ei prémierei plaço,
Vous poussoun à tor à traver,
En mandan de pooussiero en l'air ;
Vous vénoun busqueja la testo,
Emé uno branco de ginesto ;
Cantoun, fan un sabbat de la mareditien.
Metoun tout en revoulutien.
Se li parla doou coumissari,
Si picoun su lou tafanari,
En vou cridan : Oh ! lou bel aï !
Vo ben : FENI-AN ; tant et maï !
Lou bouen Diou vendrié su la terro,
Qué li desclararien la guerro.
Per li faïre entendre résoun
La qu'un moyen... Leï coous de poun.

Se qu'oouqu'un de vaoutreï n'en douto,
Din miech ouro en mi metten souto
Iou soulé mi cargui d'ou souin
De li mena trento temouin.
Martin, Bertrand, Déluy, Cikary,
Michèou, Bremoun, Bouey lou noutari,
Rouazò, Casenovo, Scarra,
Blanc, Négré, Roux, et cetera.

II.

Dounc, lou matin d'aquello fiero,
Uno charmanto courdouniero
La fio de misé Nicot,
Anavo croumpa un baricot,
En brassetto émé soun amigo,
En caminan, fasien la figuo
Eis aoutreï fios doou quartié,
Que crebavoun de jalousié,
Nanetto ero fouesso poulido
E ben facho, quoiqué soulido
A para vingt coous de mistraou
Avié'un cuou coum'un apanaou,

E leï pousso requinquiado.

Graciouso, pipanto, assiounado,

Pu fresquo que leï roso eme leï jooussemin

Que rescountravo per camin,

Quand agué fa vingt tour d'aleïo

Emé soun amigo Reyneïo,

Nanetto Nicot s'arresté,

Per marcandegea un reś d'aïé.

Maï aou moument que s'abeissavo,

En fen veïre seï gros bouteou,

Chichois de lun la relucavo,

Et n'en devenié rababeou !

En fen semblant de ren s'approcho

Emé uno man dedin la pocho,

Viro, torno, passo d'arrié

Pui après reven de coustié ;

Avanço un paou, s'arresto, pousso !

Enfin fa tant, di tant, que l'aganto uno pousso...

Nanetto anavo per creida,

Maï avan qu'aguesse bada,

Lou nervi reçubé uno bouito

Que li fagué veni leï rouito.

Er'un leventi d'oou Panié

Que despui d'uno houro suivié

Touti leïs pas de sa conqueto,

Lou carignaïré de Nanetto.

Quan si sigué desbaguegea,

Chichois si vougue revengea,

Anavo pica, maï pecaïre !

Vigué leou émé qu'avié'à faïre,

Un bougré testar coum'un muou

D'un coou de poun ooourié tua'un buou.

Chichois si vougué mettre à courré

L'aoutre lou fé piqua de mourré

Emé un coou de pèd dins leï ren.

Oou bru d'aquel avenamen,

Touti leïs hommés s'accampavoun

Et leï frumos si demandavoun :

L'a ben de mounde, qu'es aco ?

— Dien qu'es la fio de Nico.

Qu'unto ? la bruno ? « — Noun, la rousso.

Un mooufatan la manegea leï pousso...

Bèn maï l'a mes leï mans souto lou coutioun.

— Es-ti poussible ! aqueou capoun !

Avé bello diré, à Marsio

Poudé pas laïssa ana leï fio

Touti souletos... L'an passa,

Mioun éro oou banc... un foussa

Que caminavo émé uno cano,
Ven croumpa dous soous d'avelano.
Mioun lou servé... en s'en anan,
Viou que passo d'arrié lou ban.
Agueri l'uei, mi mesfiséri
Et feri ben, car entenderi
Que li disié : *Si tu voulais*,
Petito, zé t'enténtiendrais ?
Demain zé reviendrai z'ancoro.
Subran, aganti la cassoro,
Que si me tenoun pas lou bras
Bessaï l'embregavi lou nas !
Quan pensi en d'aqueou bouenovoyo,
De treïs jour aï plus gés de voyo.
Aquéou mouestré ! *Si tu voulais*,
Petito, zé t'enténtiendrais ! !
Oourié mies fa, coumo di Piarre,
D'entreteni sa paouro souarré.

III.

— Es coumo iou, lou mes darrié,
En venen de la pescarié,

Intravi à la carriero Touarto,
Babè esperavo su la pouarto,
Mi souvent toujour que ploouvié.
Coumo mounti su l'escalié,
Ven un bregand qu'avié pissuigno.
Aguessia vis aquello migno
Semblavo a n'un escumengea
Senso si vouyé dérangea,
Oou luego d'ana à la muraïo
Vis-à-vis, si desfa leï brayo ;
Pui après s'estre escambarla,
Pisso oou beou mitan doou vala ! !
Babè quan vigué eisso, pécaïre,
Sarré leis ueis... aï ! sé soun païre
Aguesse vi uno cavo ensin,
Arribavo quoouqu'assassin !
Féri qu'un saou din la carriero,
L'estrasseri la cavaliero,
Li feri toumba lou capeou ;
Oouriou vougu li devessa la peou,
L'espooutissiou, l'escarpignavi ;
Se mi lou levoun pas lou tuavi !
— Coumo li pissavo davan ?
— Vouei, avié leï *brayo* à la man.

Prengueri uno talo coulero
Que crésiou mouri de la méro.
— Et leïsseria ana aqueou gusas ?
— Anéri querré Moussu Cas,
Perqué l'arrestessé dessuito,
Resteri pas quatre minuito,
Maï ero plus davan l'oustaou,
Avié lampa coumo un uiaou ;
Un paou pus leou l'oourian fa riré.
— Que vous diraï..., es pas per diré,
Aco, es pu fouar que d'aïgarden.
— Et puis vou dien : siégue pruden,
Douna de bouis exemple eï fio.
Gracis à Diou din ma famio,
Jusqu'aro degun a manca
Et ma fio a jamaï brounca.
Tamben moun homme li pren peno,
Vé, boueno mise Madaleno,
Changearié pa'un coou de camié
Senso' passa darrié lou lié.
Eïer Babè disié *couietti*,
A moun pichouri lou gros bouffeti,
Moun hommé li digué : Babeou !
Se parles maï ensin, ti garci un bendeou !

7

Vaguesse fa, l'ourié rendu servici.

Apré'aco, quan via de brutissi,

De mooufatans senso pudour,

Que vou venoun moustra en plen jour....

Voou mies que digui ren, car despui lors ma fio

Si sousten que per mérévio,

Mangeo ren, a toujour lou fué,

Fa que soouta touto la nué !

— Se li fasia un paou de tisano

Deï quatre flour ? — Misè Roumano

M'avié di de la fa soouna ;

Deman matin duven ana

Prendré counseou de Moussu Trussi.

— Leï cirorgiens soun de destrussi.

An bello faïre leï saven

L'entendoun ren lou pus souven,

Escouté pa' aqueleïs arleri,

De fés que l'a, un pichoun cristeri

Voou miés que touti seï saounié,

Seï tasseou et seï porcarié.

Vaï pas vis per iou quan toumberi !

En quoouqueï semano prenguéri

Touto sorto de poutitè ;

Enfin un jour feri de thè

Eme d'aïguo de flour d'arangi,
Et graci en aqueou melangi,
Din quatré jour siguéri ben.

IV.

— Avé raisoun. — Maï revenen :
V'hui foou que vous n'en conti uno,
Que vous va faïre toumba oou soou.
Aves vis bessaï quaouque coou
Moussu Reynié de la coumuno ?
Mi lévé per sa proutetien
Moun aïné de la couscritien.
Aï se lou counouïssia, es tan bravé !
Travaïo aqui, émé Moussu cavé,
Coumo li dien ?... ajuda mi ?
— Moussu Blanc ? — Voueï, soun douis béni,
Pissa daou ciele, oounesté, aimablé,
Et surtout fouesso caritablé,
Quan reçuboun de paoureï-gen,
Li dounoun toujour qu'oouqu'argen,
De pitoué ensin, soun fouesso raré.
Moussu Reynié es tout san Lazaré,

A leï chuvus roux coumo l'or,

Maï aremarca un paou lou sor !

Lou darrié jour de la semano

Senso sachu ce que l'arribarié

Lou bénéroux, tranquilamen venié

De querre sa frumo à la Plano,

Descendié su lou boulevard,

Ver leï noouv' houro mens un quart ;

Fasié un tem souroumbrous (la luno

Aqueou jour avié resta n'uno),

Ero pa' encaro eï Capouchin,

Qu'entendé creida à l'*assassin !*

Ero d'hommés que si picavoun,

Din lou vala si tirassavoun.

Moussu Reynié per carita

Courré per leï dessepara.

Maï oou moumen que s'avançavo

Per afin d'arrangea la cavo,

Ti li toumboun quatré dessu

En creidan zou ! su lou Moussu !

Eou si débatié couïmo un fouélé,

Maï l'arraperoun per lou couelé,

Per la peitrino, per leis bras,

Hurousamen aneroun pas pus bas,

Se l'agantessoun leï partido,
Sa paouro frumo ero poulido,
Li lou poudien despoudura.
Tou lou mounde en aousen creida,
S'acampé selon l'habitudo,
Et cadun venié douna ajudo
Contre aqueleï quatre piar.
Moussu Reynié es fouesso gaïar,
S'aguesse pa agu sa faquigno
Que lou genavo dé l'esquigno,
N'en poudié ensuqua daou va très.
Maï es pas lou tout, aï aprés
Que din lou tem que si piquavo,
Sa paouro frumo tremoueravo !
Dien que prengué un jour à la mouar;
Fougué que buguesse lou souar
Douge escudellos d'arquémiso,
Per d'haou, per dabas fague criso,
Que se siguessian pas d'hiver,
Poudié vira leï cambo en l'air !
Moussu Reynié'es senso rancuno,
Maï vouguen douna uno liçoun
En d'aqueleï quatré capoun,
Leï mandé querre à la Coumuno.

Quand siguéroun din soun béreou,
Leïs oouria pré' émé lou capeou,
A leï creiré éroun en riboto,
Venien touteï quatre deï Croto,
Si poussavoun per s'amusa.
Moussu Reynier leï fé teïsa ;
Et si dreissan su sa cadiero
Per lei coundana' à sa maniero,
Veicito ce qué li digué.
— « Vous teni touti en moun poudé,
Vous pourieou porta préjudici,
En m'anan plagne à la justici,
Sia de marias, sia de capoun,
Que merita d'ana en présoun.
Se voulè pas que douni suito
A vouestro affaïre, foou dessuito
Ana porta quatre-vingt franc
A l'égliso de moussu Franc ;
M'avé oousi.... se manqua de zelo,
Dilun, oouré de mei nouvello. »

V.

A la fin d'aquéou jujamen,
Quoouqu'un que leï tenié damen,
Di qu'avien pa envegeo de rire,
Et va si feroun pas maï dire.
— « Osco ! vaqui un brave moussu,
A ben fa, la boueno saru ! »
— Doou tem que misé Jus parlavo,
A doui pas d'aqui si passavo
Uno estrangeo counversatien.
Veicito de que ero questien.
En retour de soun escapado,
Chichois reçubiè uno espooussado.....
Esparooufi, amourouna,
A peno oougeavo boulega,
En lou fasen battre en retréto,
Lou carignaïre de Nanetto
A coou dé péd, à coou dé poun
L'avié devessa lou mentoun.
Oou mitan d'aquelo destresso,
Lou cuou fangous, leis ueis en péço,

Lou nervi si mette à ploura :

— « Ave pas crento d'insurta

Lou nebou d'un ancien prud'hommé,

De la carriéro deï Gassin ?

Es ensin que piqua leïs hommé ?

Leïs hommés si picoun pa' ensin.

Se résounavia un paou leï cavo,

Veiria que siou vesin de moussu Chavo.

Aqui ce qu'es d'estre estrangié,

Pa couneissu dins un quartié !

Se fé un pé, vo ben uno louffo,

Cadun vous ven garça de bouffo !

Bougré de capoun, de judiou !

Véné, véné un paou émé iou;

A la pareissado Sant'Anno,

Vous diran que siou de la Plano,

Qu'aï resta sept més oou Ban long,

AÏ TRAVAÏA DEX ANS A MOUSSU LONG ! ! ! ! !

Oou magasin fasiou leï ballos,

Escoubavi, triavi de gallos.....

— Teïsa-vous bougré de gusas,

Vo ben vous embregui lou nas,

Véné desavia leï famio

En manegean lou cuou eï fio,

Et puis mi dia qu'es pas veraï,

Ana..... fila.... v'agantaraï,

Se jamaï vous viou per carriero,

Ségu vous espaoussi leï niero !

— Es égaou, avè tort, moun cher,

Mi proumenavi émé Imber,

Avian rescountra Domeniquo,

L'avie Gatou émé Musiquo (1),

Ensin, fasian pas ges de maou,

S'amusavian, si poussavian un paou,

Et mi fouté uno rousto abouminablo !

Duvi avé la facho impraticablo !

Ah ! m'en avé garça de coous de poun,

Ana..... sia pa' un bravé garçoun !

---

(1) Noms de deux *Nervis* célèbres condamnés par M. de Laboulie.

LA
COUNVERSIEN DE CHICHOIS

G. BÉNÉDIT A BARTHÉLEMY

Adavans'ier après dina,
Oou lué dé m'ana proumena

Su lou Port, coumo d'habitudo,

Resteri din ma soulitudo

Estendu su lou canapé,

Tout dé long de la testo eï pé,

Legiciou en fuman ma pipo

A meïs amis Loueï et Felipo,

En souciéta d'un estrangié,

Leï vers que m'as escri d'Argié.

Un coou la lituro enregado

(Va ti diou selon ma pensado)

Tout lou moundé fougué d'accord

Que s'oou mitan doou desaccord,

Et deï discuciens sens'égalos

De nouestreï musos prouvençalos,

Fasiés emprima aqueleï ver,

Avant que passessé l'hiver,

Seriés prouclama din Marsio

Lou rey, vo puleou lou Messio

Que lou prouvençaou San–Janeu

Espero despui tan de tem.

Senso mettre leï cavo'oou piré,

Es ben de tu que pourrien diré :

« As doun lou tron-de-diou, per parla prouvençaou ?

« Sooupiques cadé mot de pébré émé de saou ;

« Quan grafines qu'oouqu'un, li dérabés l'escorço.

« Mi crésiou djusqu'eïci d'uno poulido forço,

« Maï despui qu'aï ledgi toun savent papafar

« Siou plus ren qu'un *taroun*, à parla senso far.

« Gros eou même, mi semblo un homme à foun de calo.

« Viven à nouest'epoquo, oourié tira l'escalo.

« Leis ooutours francios, leï Boilo, leï d'Giber

« Que per diré de maou an lou gaoubi d'oou ver,

« Et que citoun partout coumo gaïar d'esquino,

« Soun, oou respé de tu, d'ooutours de tanto pino. »

   Vaqui ce qué dirien de tu !

   Pui, cousterna, l'uei abattu,

   Leï fricoutur en escrituro,

   Ennemis dé touto censuro

   Qu'aougeoun coumpara l'aïgo-saou

   Oou bouïabaysso prouvençaou,

   Et si crèsoun dé grand génio,

   Quan d'oou mitan de seï bordio

   Tiroun un bouen vers per leï puou !

   Serien *taroun* coumo de puou.

   Dins l'espouar d'aquélo réformo

   Qu'endiqui eïci per la formo,

   Repréni ce que ti disiou.

   Coumo va sabés, légiciou

Toun épitro. Arriba'oou passagi
Ounté mi diés en homme sagi :
« En vérita, coulégo, as lou *perié* ben du,
« Saviou fa ce qu'as fa, creïriou que siou perdu.
« Un nervi, paoure enfant, mette va ti en testo,
« Per foutré'uno espooussado a toudjour la man lesto.
« Vo dé nué vo de djour, leïs roumpus, leï fénas
« Ti garçaran ta bouit'en creidan : *poussez pas !*
« Martirisa-dé coou, assassina de pattos,
« Semblaras un su-hommé'en sorten de seï pattos.....

I.

Countinuavi toujour quan aousi tout d'un coou,
Eïes escaliers quoouqu'un qué si garçav'oou soou.
En fuman ma pipo de *Servi*,
Voou durbi la pouarto.... er'un nervi
Qu'aparamen sablé pas l'us.
En mi visen, sigué counfus ;
Oougeavo pa'intra ; lou prengueri
Souto lou bras et li digueri :
Bouen jour, que bouen vent vous adué ?
Eïci de jour coumo de nué

Sian touti à vouestré servici.

(Après l'avoir examiné.)

Avè lou cuou plen de brutici,

Per hazard vous sia pas fa maou ?

Venè mangea'un paou de pèlaou

Eme'uno patto de lingousto.

Dins lou vin sooussaré'uno crousto,

Vous soustendra jusqu'estou souar

Et vous assouerara' lou couar,

Anen, viguen, agué pas crento,

Intra, pagaré gés de rento.

Voulè fuma, vaqui de fué.

Bessaï, buouria'un dét de vin cué ?

Counfisa de touto maniero,

Asseta-vous, l'a de cadiero

Vo de fooutueï à vouestre choix ;

— Fagué pa'atentien, siou Chichois.

— Chichois ! ! ! — Voueï, Chichois ; vous dérangi ?

En mountan, de gruïos d'arangi...

M'an fa resquia... d'oou reboun...

Aï roudéla jusqu'oou segoun.

Lou bras, mi couïé que mi lardo.....

En descenden de la Reynardo,

8

V'hui, sus d'un mouroun de gipas
Aï toumba su lou mémé bras.
Per suito d'aquelo begudo,
Arémarqui qué d'habitudo
Quan avé maou en quoouqu'endré,
Vous l'embrounqua toujour tout dré.
— Foulié'arrapa la man couranto.
— Crési qu'avé raisoun.... entanto
L'a' un'houro qué foutimassiou
Et vaï pas dit perqué véniou.
— Et ben digua mi vo dessuito.

(Mystérieusement et à demi-voix.)

Coum'es questien... de ma conduito...
La de moundé... répassaraï
Deman matin va vous diraï.
— Perqué? Leïs gens que vous escoutoun,
Moun cher, crésé vo, tant si foutoun
Que parlé coumo sé dia ren.
Coumo coumprendrien qu'ooucaren?
Despuï d'eïer soun à Marsio,
Tant digan qu'agoun ges d'oourio
La' un Prussien emé douis Danois,
Entendoun pa'un mot de patois;

Poudè parla senso ren creigné.
Téné, n'a v'un que mi fa signé.....
Mi demando ce que mi dia.
— Quaou? aqueou qu'a l'air esglaria?
— Précisamen. — Alors coumenci.

II

Escusa mi se vous oouffenci.....
M'avè bougramen empaouma
Din leï vers qu'avé fa imprima,
Maï, es ègaou, va récounouissi,
M'avè rendu'un famous servici
En mi forçan à durbi l'uei!
Ah! foou que n'en convengui v'hui,
Senso vous sériou enca nervi,
Cresé vo, tant ben vous counservi
Moun estim'et moun amitié;
Que vilen bougré de mestié
Aviou pré'aqui! Vè quoiqué crano,
Si passavo pa'uno semano
Que noun mi foutessoun de coou,
A mi garça l'esquin'oou soou.

Touti leï jour gagnavi un'ambo,
V'hui mi desfasien uno cambo,
Lou surlendéman er'un bras,
Lou souar, m'espooutissien lou nas,
Lou matin mi mordien l'aourio,
Mi metien leïs uei en pooutio.....
Ensin, moun cher, vous remerciou
De vous estre foutu de ïou;
Sens'aco, coumo m'a dit Barlhé,
Anavi fa'un tour à San-Carlé.
— Aco si! touca mi la man...
Et voulia repassa deman!

(En baissant la voix).

Maïs permettè que vous v'oousservi,
Coumo va qué véria fa nervi
Et coumo vous n'en sia tira?
— Quand va soouré, v'estounara,
Asseta-vous, et préné noto.
Un dilun qu'érian en riboto,
Buguérian oou *Chivaou-Marin*
Déso-sept boutios de vin,
Erian tres. D'abor l'avié Gatou,
Puï ïou, emé Mourou lou mâtou;

Quan sigué questien dé paga
Aguérian bello boussegea,
Toui tres n'avian ni soou ni maïo.
Voulian fila vers la muraïo
Per sorti... L'agué pas mouyen,
Lou maistre noun tenie da men,
Aremarquavo nouestreis pocho...
Noun fasié d'ueis coumo de bocho !
Cependant quoiqu'embarrassa,
Fénissérian per s'adreïssa,
Prochi doou maistré m'avancéri
Oounestamen, et li diguéri :
« Vè, sian touti de braveïs gen,
Aven ooublida noustr'argen
Su la taoulo de la cousino.
Moussu Gaubert de la Marino
M'a counouissu ; per précooutien
Demanda li d'informatien ;
A la pareïssado Sant'Anno,
Vous diran que sieou de la Plano,
Aï resta sept mès oou Ban-Long,
Siou lou coumis de moussu Long,
Et lou vésin de moussu Chavo... »
— Moun cher, tout aco soun de cavo

Qu'an pas cours oou *Chivaou-Marin.*
Dèso-sept boutios de vin
A quatré soous, d'après moun coumpté,
Fan tres francs hiué. — Maï moussu Conté,
Voulè pa'entendre la rèsoun?
— Leï discours soun pas de saisoun,
Ensin mi roumpè plus la testo,
Foou paga, vo leïssa la vesto.
De sa phraso ero pa'enca oou bout
Que Gatou li garç'un atout!!!!
Li fé veïré touti leï lumé:
Un coou de marteou sus l'enclumé
Fa mens de bru... sus lou moumen
Aguessias vi'aqueou tramblamen!!!
Leï bancs, leï taoulos, leïs armari,
Lou boués, lou fugoun, leï canari
Deï gabi pendud'oou planchié,
Leï miégeos, lou tian, lou péchié,
Tout er'en l'air... nous ensaquavoun!...
Eroun maï de sept qué piquavoun...
Cadun creïdavo: escouta-mi...
Poussèz pas... sian touti d'ami!...
Mourou din aquelo bagarro,
Fougu'ensuqua d'un coou de barro.

Lou porteroun à l'espitaou
Su d'uno'escalo... ben malaou!
Uu paou rémés din la souarado,
Réchuté din la matinado.
A miegeou li pren maou dé couar
Li vaou a n'uno houro... ero mouar!...
Eisso d'eici... mi fagué peno...
Véniou de mangea de toouteno,
Mi restéroun su l'estouma.
De douis jour aviou pas fuma ;
L'avié'un couleguo que plouravo,
Iou, tout aco m'estoumagavo.
Alor mi feri'uno raisoun
E mi penseri : qu'es bésoun
D'ana passa la vido duro?
Es uno leï de la naturo,
Déman, mi poou arriba à'ieou,
L'a pa'un quart d'houro qu'éro viou,
Aro'a déja la facho touarto,
Leï peds giélas, leis ueis tarrous,
Eh! merdo! trent'un trento dous,
Que lou darriér sarré la pouarto!...
Alor va sacrégéri tout,
Meteri lou fué de prétout.

A l'oustaou nuech et jour bramavi...
Doou matin oou souar m'empégavi...
Un jour en passan su lou Cous,
Rescountreri'un pichoun gibous
Que mangeavo douis liars d'amouro;
Lou couchéri pendan miech-houro,
Un coou qué si sigué'arresta,
Toussié que poudié plus piouta;
Avié tant courru qu'ero poupré,
Lou basséléri coum'un poupré.
Pui lou garcéri dins lou port,
Tout iou moundé mi douné tort!!

(Une pause).

III.

Lou lendéman récoumenceri,
Maï siei més après... rescountreri
Un bougré que piquavo du!
Mi tirassé dins un coundu,
Mi fagué de boff'à la testo,
N'en demandéri pas moun resto.

Ero lou beou jour dé San-Jan,
Aï maou eï rens en li soungean.
Per arrévengea sa counqueto,
Lou carignaïré de Nanetto
Mi travaïé lou casaquin!!
Qunteï coous de poun!!.. cré couquin!!!
Ana'aviou pa'envegeo de riré.
Lou lendéman, li féri diré
D'ana piqua'émé seï parié;
Restéri treis seman'oou lié,
Qu soou l'argen qué despenderi!
Lou promié jour que mi lévéri,
Poudiou quasi plus camina,
Aviou lou cuou entaména...
Quan descenderi'à la carriéro
Souto lou bras de Lqueï Figuiero
Emé les ueis coumo lou poun,
Leïs homme mi disien, capoun,
Leï frumos mi fasien la loubo,
Mi couchavoun à coou d'escoubo,
Si li poudié plus abari.
Enfin, las de m'abasordi
Mi vénien de laïssa'un paou libre,
Quan empriméria vouestré libre.

Despui d'alor, souar et matin,
Siou plu'esta bouen à douna'eï chin.
A la carriero Pescatori,
Vè, m'an roumpu leï génitori,
Mi récitoun leï vers por couar
En mi traitan dé gus, dé pouar ;
Quan passi si foutoun à riré.....
Embéta, vous sieou vengu diré,
Que dounavi ma démicien.
— Per counta'aquello bell'actien
Mi cargui de prendré la plumo.....

(L'interrompant).

A prépaou, aï uno coustumo
Qué mi poou faïre fouesso tor,
Sabè qué sieou franc coumo l'or,
Veici ce qu'és : din la jornado
Espéri su la proumenado
Touti leï moussus qu'an de gants,
Et li creïdi : voulurs!! brégands!!
Ténè, dimècré, mouss'Alari,
Sabè ben... lou gran coumissari,
Coumo viravo lou cantoun
Li creïderi : voulur!! capoun!!!

— Fourra quitt'aquel'habitudo!

—' La quittaren..... emé d'ajudo.

— Fourra plus teni de prépaou

Su degun... gés diré de maou.

— Dé maou! ana siégué tranquille,

Vouestre counséou es inutile.

De maou!! m'arribara jamaï,

Moun troun de diou sé n'en diou maï.

— Eh! ben, n'en véné maï de diré.

— Aquestou coou éro per riré,

Et va disiou sens'intencien,

Escusa, l'aï pas fa'attentien,

Maï es fini, vous va proumetti,

Dédins ma pocho foou qué metti

Quoouquaren per m'en rappela.....

Et pui dré d'est'après dina

Voou oou chantié de moussu Regui...

— Et surtout, Chichois, vou n'en prégui,

Fagué plus gès de maou eï Turs!

Aou luégo de troubla leïs churs,

Lou souar, en li livran bataïo,

Metté vous din leïs basseï-taïo,

Coumo Féli, Paou et Mimiou.

Avé'uno vouas d'oou tron dé diou,

Va roumprés tout... eï proumenados
Su l'aïgo, dins leï sérénados,
Vous applooudiran, et l'hiver
Pourrès veni canta oou councer;
Oourés l'habit... mettrés de botto,
Dé gants de tricot, de culotto
Que vous tésaran pas d'oou cuou.
Portaré'un capeou negr'à puou;
Lou mouchoir doou couelé dè sédo,
La camiso fino, ben rédo
Et lou couelé ben empesa.
Pui quan vous sérès fa frisa
Fé vous mettre un paou de poumado
Eï favouris... din l'assemblado
L'a fouesso damos qu'an de mus,
Es perqué loou coou siégué jus.
Frés, assiouna, né coum'un vori,
De la carriero Pescatori,
Descendré touti leï dilun
Vers leis Alleyos..... ses troou lun,
Din l'interés de vouest'afaïre;
Alor, veïci ce que foou faïre:
Foou dire'oou fréro de Gouton
Qué vous presté soun carretoun;

Mounta su d'aquel'équipagi

Oouré l'air d'un grand persounagi,

Vous réçubran emé respè

Et v'enbrutiré pas leï pè.

Qu'an ser'intra, su d'un'estrado

Garnido d'uno balüstrado,

Oou beou mitan deis instrumen,

Vous plaçaran... tendré damen

Aquéou que batté la musuro...

Es un mistourin... à mesuro

Que vous dira: zou! partiré

Et veïci coumo cantaré:

« Les oisós celebro l'auroro,

Lé berzé çanto lé printems,

L'amant la boté qu'il adoro,

Lé rétour d'Aristipo è l'obzé de nó çants.

A nó mé bravo Calvinisto,

A nó les fio des papisto,

A nó ricesso z'é bon vin

  Et BB Butin   (bis)

Zé suis votre vié, capitaino,

A la vitoiro zé vous méno!

IV.

Se va dia'ensin v'apploudiran,

Et leïs papiés n'en parlaran.

Lou *Messagié,* que l'on devoro,

Lou *Sud* émé lou *Sémaphoro*

Et la *Gazetto d'oou Miéjeour*

Diran touti lou mémé jour :

La saison musicale ardemment désirée,

Par un concert brillant vient d'être inaugurée!

Le CERCLE pour ses chœurs s'enrichit de bons choix,

Nous avons remarqué le choriste *Chichois,*

Un jeune débutant qui nous vient de Marseille.

Si son maître, à propos, le guide et le conseille,

Chichois peut devenir l'effroi de ses rivaux,

Et l'énergique appui des opéras nouveaux!

Dans un morceau brillant, mélancolique ou tendre

C'est un charme inouï déjà que de l'entendre!

Sa voix, qui sans effort atteint toujours le but, .

Du *fa dièze aigu* descend jusqu'au *contre-ut.*

Aussi de tous côtés, à chaque rang de loges,

On dit, après avoir épuisé les éloges,

Que ce Chichois guidé par un bon professeur,
Pourra seul remplacer notre grand Levasseur,
Que Rossini joyeux sortira de sa tente,
Pour cultiver Chichois, jeune basse-chantante,
Et que ce provençal, avec ses airs si francs,
Gagnera dans six mois au moins vingt mille francs.

V.

(Chichois au comble de la surprise).

— Vingt millo francs! es-ti poussible!
M'avé piqu'à l'endré sensible.
Vingt millo francs! ïou que toujour
Aï gagna que vingt soous per jour!
A moussu Long fasiou leï ballos,
Escoubavi, triavi de gallos,
De goumo, d'assafétida,
Et pui lou souar, coum'un fada,
Quan eri roumpu de fatigo,
Mi fasien garda la boutigo,
Despui sept houro jusqu'à noou
Et mi dounavoun que vingt soou!

Vingt millo francs!! maï de la vido,
Oourieou gagna talo partido!
L'a maï de proufit qu'oou piqué,
En li pensan aï lou chouqué.
S'aviou vingt millo francs! dessuito,
Senso tarda d'uno minuito
Anarian bouaro'eme Davin
Per trento millo francs de vin.

— Daïsé'aï parla que dè vingt millo.
— Es véraï, ma mèmoiro filo,
Maï va disiou sens'intencien,
Crèsé mi, l'aï pa fa'attencien.
Vingt millo francs !!! vè vous oousservi
Qu'à parti de v'hui, siou plus nervi...
S'un jour aviou vingt millo fran,
Quittariou lou travaï subran
Fariou plus ren... vo per mies diré
Alor si, l'oourié de qué riré!
Nuech et jour fariou de malhurs;
Empalariou touti leï Turs,
Mettriou touti leï ga'en pooutio,
Pussugariou touti leï fio,
Espiariou touti leï chin,
Estramassariou leï bachin,

Cooussigariou leï francioto,

Fariou resquia leï devoto,

Quan van à la bénéditien;

Mettriou tout en révoulutien.

Eme'uno couardo ben tesado,

Anarian, dous, eï cantounado,

Per fa'estendre'à garapachoun

Leïs hommés qué fan seï besoun!

Lou souar anariou senso brayos,

Mettriou de tout su leï murayos,

Roumpriou leï marteou deïs oustaou,

Touti leï vitros deï fanaou,

Doou Cueou-de-Buou à la Pétacho,

Quan mi duvrien coupa la facho,

Chaplariou à coous dé couteou

Touti leï câblé deï bateou;

Oou mitan doou Cous...—Vous oousservi

Que m'avé dit qu'èria plus nervi,

V'avé'ooublida! — Mareditien!

Es véraï, l'aï pa fa attencien.

— Ténè, Chichois, mi voulé creïre,

Oou lué de creida, fè mi veïre

Qué su vous mi siou pas troumpa,

Prouva mi que sabè canta.

9

— Eh! ben, qué voulè que vous canti?

— M'es égaou, quoiqué *diletantti*,

Mi countenti facilamen.

— Bon, alor, espéra'un moumen;

(*Réfléchissant*).

L'a tres ans que maistre Figuiero,

Lou chef doou chur dé la *Pooussièro*,

M'avié'aprés un pouli mouceou,

Lou cantavian emé Pousseou.

Que fasian enveni la sallo!

Er'un *solo* de la *Vestalo*.

Aqui si, que foulié creïda!

(*Après une pause*).

Aquo sé v'aviou ooublida...

Oouriou ben fa de mena Feli.

(*Nouvelle pause*).

Ah! crési qué mé n'en rappeli,

(*Après avoir refléchi*).

Aro digua mi... din l'oustaou

Per hazard la gés de malaou?

Foou que canti dè la peitrino,
Doou nas, doou goousié, de l'esquino.
— Poudé canta d'ounté voudré.

(S'arrêtant tout-à-coup).

— M'asseti, vo mi tèni dré?
— Adreïssa vous per qué tout vibré,
En v'adreissan sèrès pus libré,
Et vouestro vouas sortira miés,
Metté vous la man su lou piés,
Et coumença vouestro partido.

Il commence à chanter sur un diapason excessivement haut.

Le fils des Dieux! le successeur d'Arcido!

(S'interrompant).

Crèsi qué vaï pré'un paou troou haou?
— Eh! ben moun cher la gés dé maou,
Recoumença. Senso musiquo
Es pa'eïsa d'avé la répliquo,

(Il chante sur un diapason extrêmement grave.)

Le fils des Dieux! (s'interrompant de nouveau) oh! capounas!
Aquestou coou vaï pres troou bas...

Et cependant, siou pa'en riboto ?

(D'un air très-doux).

Se mi dounavia un paou la noto ?

(Chantant ensemble).

— *Le fils des Dieux !* *s'interrompant enc.)* aro li siou.

Ah ! sia'un hommé d'oou tron de diou !

Coumo pussuga la musuro !

Séri pu fouar su l'escrituro,

Vous mettriou din quaouque jornaou ;

Aro'es ni troou bas ni troou haou.

(Il chante à gorge déployée).

Le fils des Dieux, lé successeur d'Arcido,

Théséo arme ozord'hui pour moi (bis).

Frère ennémi, frère ingrat z'é perfido,

Etéoclo frémit d'effroi (ter)

La vareur et la bôté mémo

Se réunisso contro toi,

Oui contro toi,

Oui contro toi,

Cedo, cedo à la voua suprémo

Tremblo dévant ton roi.....

*Applaudissements de l'assemblée. le Prussien et les deux Danois
donnent des marques d'une admiration non équivoque).*

VI.

— Parfètamen... Aquel'esprovo,
Chichois, mi ven douna la provo
Qué pourrés parti per Paris.
Quan sérés dins aqueou pays,
Fourra mettre la man à l'obro,
Et travaïa coum'un manobro.
Sé sia'aquéou qué foou, l'an que ven,
En travaïan, crèsè vo ben,
Chichois, vouestro vouas sera digno
De pareïsse en premièro ligno,
Et recularé pas d'un pas.
Alizard es un darnagas,
Et Dérivis es un arleri,
Aro fan enca'un paou l'empèri
Bessaï dins dous ans, qu va soou;
Leï gitaré toui dous oou soou,
Se va vous mettè ben en testo

(*Il cherche dans ses vêlemenls*).

Qué cérqua ? — Cerqui din ma vesto

S'aï quouqu'aren per vous douna.
— Ah! ça, crési que couyouna?

(*Avec un regret doulourcux*).

Aqui l'a lou couteou,... pocaïre
Que Mourou m'a'adu de Bèoucaïre.

(*Comme frappé d'une idée lumineusc*).

Ah! mangearia pa'un paou d'oousin?
N'en voou souta déman matin.....
Aïma bessaï miés de cloouvisso?
— Nani. — Voulè quoouqueï panisso?
Dins un vira d'ueï siou eïci.
— Aï besoun de ren, gramaci.
Maï en revenge per mi plaïre
Chichois, veïci cé qué foou faïre:
Dabor fourra miés fréquanta.
Ana coumença per quitta
La coumpanié de Domeniquo,
Dé Gatou, surtout de Musiquo,
Renouncieres oou cabaré,
Touti leï souars v'assiounaré
Per ana oou café de la Logeo.
Se lou garçoun vous interrogeo,

Diré ren... v'anare'asseta

Dins un cantoun, per escouta

Su leï matiero politiquo,

Su lou thiatre, su la musiquo,

Leï discours qué faran souven

D'hommès que parloun fouesso ben !

Et n'en proufitarés ; divendre,

A sept hour'eici, si foou rendre,

Vous faraï presen d'un caïer,

Que croumperi adavans hier

Oou magasin de moussu Lippi.

Adin la touti leï principi

De la voucale, leï veiren

Ensemble et leïs estudieren.

Apprendré lou ton, la mesuro,

Leï treïs claous, lou pouint, la quaruro,

La gam'en ut, la gam'en sol,

Leï diez'emè leï bémol,

La négro, la blanco, la roundo,

L'accord de tierço et de segoundo,

Pui per féni vouest'istrucien,

Prendren la voucalisacien.

Vous prestaraï uno méthodo

Qué duou estré su la coumodo ;

Et quan séré, per meï counseou
En état de canta'un mouceou
Dé Mayerbeer vo de Rossini,
V'adreissaraï à Chérubini.
Es pa souven dé bouen'lmour,
Maï enfin, choousiré lou jour.
De ma part lou fourra'ana veïre
Din soun buréou et poudé creïre,
Qué vous prendra séguramen.
Un coou din l'establisimen,
V'ané pa'amusa, en tarounado !
Cantaré touto la journado,
Et déclamaré l'ooupéra,
Senso vous leïssa'emborbouina
Per leï fios. Soun fouesso fino,
Manel'et souplos de l'esquino,
An d'ueis coumo de serpantéous,
Fan toujour veïre seï bouteous
En caminan... Dien per escuso,
Que la dé fanguo ; es uno ruso
Per mettre leïs hommés dédin.
Tené se couneïssé Booudin ;
Demanda li n'en de nouvello ?
Dounc, per qu'aqueleï dameïselo

Vous escarpignoun pas lou couar,

Fourra plus ren mangea de fouar.

Ges d'api, enca men de truffo...

Fé vo, pui se qu'oouqu'un si truffo,

Doou régimé que vaï prescrit,

Li diré qués ïou qué vaï dit.

Enfin prendré vouestrei mesuro...

Apprené la bell'escrituro

En espéran... véné souven,

Appliqua vous... car l'an qué ven

A l'Ooupéra foou qué vous vigui.

(Après une longue pause en hochant la tête).

— Et pui voulé pas que vous digui

Que sia, un hommé doou tron de diou!

Sé mi téniou pas vous mordriou.

Coumo! mi metté dins un libre

Que deï nervi mi rende libre,

Mi douna tout plen de counseou,

Mi fé canta tout un mouceou

De l'ooupera de la *Vestalo*

Mi parla de la Capitalo,

De Rossini, de Mayerbeer,

Mi fé présen dé doui caïer,

Tout esca m'ave'ooufri de crousto,
Eme'uno patto de lingousto,
Dé pélaou, d'arrin, dé vin cué,
M'avè dit qué dé jour, dé nué,
Eria sans cesso à moun servici,
Quan mume l'oourie préjudici,
M'avè proumés qué din dous ans,
Pourioou gagna vingt millo francs ;
Et per qué ren vagué dé caïré,
Leïssa touti vouestreis affaïré,
Et mi doûna enca de liçoun,
Ana sia'un'hoounesté garçoun !

CHICHOIS

OOU COUNSERVATOIRO.

CHICHOIS

OOU COUNSERVATOIRO

CHICHOIS a G. BÉNÉDIT

'Resta treï més senso v'escriouré !

Adavanz'ier, vouliou plus viouré,

Quand troubéri'en intran lou souar,
Vouestro lettro su moun bougeoir.
Mi senteri fouesso coupable,
Mi trateri dé miserable,
Et despui, mi diou, que moougra
Tout moun respè, siou un ingra...
    Un homme qué m'a rendu libré
En mi meten dedins un libré;
Qué ma douna tant dé counseous!
Que m'a fa canta dé mouceous
Deïs *Heganaous*, dé la *Vestalo*,
Qué ma manda à la capitalo,
M'a recoumanda'à Meyerbeer
Ma fa presen d'un beou cayer;
Qué l'an passa, m'ouffré de crousto
Emé uno pato de lingousto,
Et mi digué que din dous ans
Pourriou gagna vingt millo francs;
Un hommé, enfin, va récounouïssi,
Que m'a rendu tant de servici!
En qu tant de coou aï proumés
D'escriouré oou men touti leï més,
Et qu'ooublidi! Vè vous v'oousservi
Meritariou vingt coous de nervi,

Car aquoto es pas travaïa !.....

Portant mi voou esparpaïa.

Et faïre trevo à ma coustumo,

En metten la man à la plumo.

Se vous escrivi' pa'en francès

M'ané gès faïre de proucès,

Pensa qué sé voueli' un paou riré

En francés pouriou pas tout diré.

Es pa'ooumen qu'escrivi pu maou

Loù francès qué lou prouvençaou;

Sé per cas va voulia pas creïré,

Tout'aro vous pourraï fa veïré,

Douis miegeos dougenos de vers,

Qu'an pas troou lou biaï de travers.

Maï touquen pa'enca leï matieros

Que duvun passa leï darrieros.

D'abord, avè de complimen

De cinquanto persouno'oou men.

Vouestreïs amis de la *Gazetto*

Mounte'escrivè, fan pa bouqueto

Souvent, per mi recoumanda,

De ben voulé vous saluda.

Et pui tout lou Counservatoiro !

Aqui si, qu'an boueno mémoiro !

Dins tout l'oustaou, la vouestré noum
Escri su touti leï cantoun.
Leï proufessours de touto classo
De viouloun et de contro-basso
D'harmounié, dé coumpousitien,
De chant et dé declamatien,
Mi contoun souven leï fredenos,
Leï rusos, leï boueneïs ooubenos
Qné fasia naïssé'à tout moument,
Et coumo per enchantament...
Parlan dé vous emé Rubini,
Emé Aouber, emé Cherubini,
Qu'es un ben hoounesté moussu.
Vaï dit coumo m'avié reçu?
Et pourtant eri pa'à moun aïsé,
Lou promié jour intreri daïsé...
Coumo l'aperçuviou de lun
Mi sentiou véni lou tramblun,
En faço d'aqueou grand genio,
Se foou parla senso respè,
Oourié fougu qu'uno lentio
Per mi tapa ce qué sabè.
Maï ooublidi qu'ïer divendré
Oou moumen qu'anavi descendré

Per canta moun grand air en MI,
Vengue moussu Barthélémy,
Per mi préga de vous remettré
Uno lettro, que pourriou mettré
Din la miouno, quand v'escriouriou;
L'aï ben proumés que va fariou,
Et via qu'aï tengu ma promesso.
La lettro mi sigué rémésso
Duberto; alor mi siou pensa
Que la poudiou liégi. — Vaï fa.
Et ben qué mi siegué un paou rudo,
La veïci coumo l'aï reçudo :

LETTRO A L'OOUTOUR DE CHICHOIS (1).

––––

L'a très vo quatre més à la fin de l'estiou,
Su toun promier *Chichois* sabes ce que disiou :
Es un travaï de mestré, uno obro de génio
Esento fin qu'aou bout de la mendro sénio.

(1) Ce morceau, qui peut être considéré comme le chef-d'œuvre de la poésie locale, est tout entier de l'illustre auteur de *Némésis*.

Sentés que sian pa'eïcito ooumen per galeja ,

Ti répétaraï doun ce que t'aï dit déja,

Et ce qu'aï mémé escrit per ti rendre justici,

Su tout un grand fuïé d'oou journaou de Fabrici :

Toun *Chichois* a rendu doueï servici per un,

Et Marsio ti duou ramarcia per cadun.

L'avié bessaï qué tu per mettre enfin la brido

Eïs gourins que ténien la villo esparoufido ;

Car despuei que l'as fa dansa lou rigooudoun,

Lou *nervi* souarté plus, vo souarté d'escoundoun.

L'avié ni maï qué tu per soouva doou nooufragi

Leïs respectablo leïs de nouesté vieï lengagi,

Toun libré es devengu nouesté codo, es foutu,

Foou plus dorbi leïs dens, vo parla coumo tu.

Aqueou beou prouvençaou, plen de vido et de forço,

Souto l'encien régimé oou tem de Roux de Corso,

Aoujord'hui maou pasta per certens escrivans,

Coumo'un aïé manqua s'esfouiravo en seïs mans,

Avien bello'à veja l'ori de soun espragno,

Toujour de maï en maï, si tournavo en cagagno ;

Venguérès per bounhur et ron si dégaïé,

Ta plumo es lou trissoun qu'a remounta l'aïé !!!!

Vaqui cé qué disiou, vaqui cé qué pensavi

Quand parlavi dé tu, vo qué mi répassavi

Tout l'esprit, tout lou sen qué counten tout dé long
L'histoiro de Chichois, nervi dé moussu Long !
Crésiou pas qué dégun, mémé l'ooutour d'oou libré,
Pouguessé fabrica soun parié dé calibré,
Eh ben ! as pas tarda dé mi fa démenti,
Mi ratrati davan toun *Chichois counverti !*
Sè mi foulié jugea' entr' aqueleïs dous ouvragi.
Sériou fouesso empédi per douna moun suffragi ;
Lou radier oou promier es égaou selon iou,
D'aoutré décidaran deï dous qu'es lou miou.
Lou fet és qu'as mounta su la promiéro plaço
D'aquéou famous coulé qué li dien lou Parnasso !
Vouïé ti débooussa, sérié d'un coou de poun
Sarqua de mettré en frun leïs barri de Toulon.
Toun triounfé es coumplet, toun darrié coou de tanquo
A leïssa teïs rivaou émé la gaougno blanquo,
Qué rénoun contro tu coumo de pouar maraou,
Qué ti fa ? lou pieloun a pas poou doou mistraou !
Lou souluou crégné pas l'insurto deïs soouvagi !
Oou païré de Chichois Marsio rendé' hooumagi,
Et sé l'ooutourita se réviavo' un paou,
Sé la coumuno' avié de bouis municipaou,
Voutarien oou counseou de mettré à la grand sallo,
Toun estatuo en gi dé grandou coulousalo,

Et cadun virariè leïs uis dé toun cousta
Coumo' oou grand escalié remarquooun Libarta.
Sabi proun que lou siéclé es plen de rigoumigou,
Qué la den de l'envéjo' a jamaï l'entérigou;
Qué leïs gasto mestié, leis poveto palos
Qué parloun provençaou coumo de moussùlos,
Crénioun contro tu, dien qué toun persounagi
A dé mots qué soun pas d'un ounesté lengagi,
Qué touto frumo et fio, à men d'estré un dragoun,
Sé ti liégé, deven rougeo coumo' un pébroun,
Qu'as pas crento et qué mémé' as l'air de fa parado
Dé ti garça deïs réglo en tout tem oousservado;
Qué per faïré toun vers, trobés ren de doutous,
Qué su leïs iatus siés gaïré escrapulous,
Et qué teïs plurié, gasta per ta massimo,
Emé teïs singulié s'aparien à la rimo.
Vaqui, moun paouré enfant, un deï millo prépaou
Qué ténoun countro tu per troubla toun repaou;
Leïs poveto souven prenoun d'estoumagado;
As troou de sen per faïré aquello talounado;
Souven-ti qué lou mondé' es pupla de rampeou,
De gens que troubarien d'espino dins un leou.
Sérian ben malurous sé n'en prénian de lagno.
As ben vis en mountan la carrièro d'Ooubagno,

Une facho de vieï quiado su la fouen ;

Aqueou vicï es Hooumero, un ooutour et deïs bouen,

Talamen qué dégun li ven à la cavio ;

Leïs Grégou qué despuei bastisseroun Marsio,

L'oourien per soun génio, hissa su d'un oouta,

Eh ben ! qué ta pas dit que per leïs countresta,

.Un roumpu doou pays, que li disien Zoïlo,

Gitavo contro d'eou l'escupigno et la bilo !

Es lou sort doou talent, foou prendre sooun parti,

Moun bouen ! foou sudura ce qu'Hooumero a pati.

D'aïur, oou bout doou conté, an bello à diré et faïre,

Sies sousta doou publi, que si soucito gaïré,

Sé fas diré à Chichois qu'aoouqué mot de travers,

Vo se qu'aouque iatus si mesclo din teï vers,

Vo sé teïs singulier, en brusquan la counsino,

Rescountroun de plurié oou beou bou de la lino.

Qué serquo lou publi ? Serquo à passa lou tem,

Maï qué rigué en passant, qué s'amusé'es counten,

Démando émé résoun, à la littératuro

Dè portrès, dé tabléous pinta d'après naturo ;

Tout aco va'ooutengu dins teïs vers prouvençaou,

Et bartounegeo pas per diré à teïs rivaous :

Messies leïs escrivans tant dalicats d'oourio,

Qué fes puaï de Chichois et dé sa pouésio,

Dé tout ce qu'emprima fés un paou troou de ven,

Vouesté lengagi es beou, maï li coumpreni ren,

Vouesteï vers marsiés sentoun la ginouflado,

L'oouroro, leï noou surs..... un tas dé couyounado

Que repépias de longuo et qu'au pas gés de naz.

Eh! mette'en francio vouesteï vers doucinas;

Quan parla prouvençaou mi fés suza leïs dati,

Teïsa vous, teïsa vous, sias que de pinto pati.

Maï cé qué teï jaloux dou men countestoun pas

Es qué, bouens vo marris, teïs libré soun croumpas.

Moougra qué siégui lun, t'aramarqui d'eicito :

Ti chalés, scélérat, en visen ta russito!

Car, si parlo déjà de trésiémo éditien;

Dien que davan Camoin es uno proucessien,

Qué la classo bourjoiso et la foulo artisano,

Tout voou Chichois, tout paguo... et qu'agantés la grano.

La grano es un ooujé qu'a sooun prés ooujourd'hui;

Mai l'oounour es cent fés pus précious à teis ui,

D'accord, et doublament cresi qu'as fa ta ballo.

Mi figuri lou jour qu'a la plaço Rouyalo,

Chichois, niméro dous, si vigué placarda;

Si fagué fouesso bru, va foou pas demanda.

Jugariou qu'aqueou jour, ooublidant leis affairé,

Tout Casati vengué caligna toun libraïré,

Qué toun noum, dé Marsio, a cent fés fa lou tour,
Qué mémé oou cous Bouffé, qué mémé oou Bouen Pastour,
Tout counouissé Chichois, à men deï besti brutos.
Duou s'en estré parla jusqu'oou quartier deï mutos !.
Oh ! que mi voueli maou d'estré pas lou témouin,
Dé toun libré enleva per mouloun de Camouin !
Qué sigueri taloun, quan per la capitalo,
Fagueri meis adious à la villo natalo,
A moun paoure chambroun, mounté chasqué matin,
En charan touteï dous, garissiés moun morbin !
Dooumen pensés à iou, m'en as douna la provo.
La sémano passado, eri din moun arcovo,
Mi sentiou tout lou corps giéra coum'un bancaou,
La testo mi pétavo, aviou pré frés et caou.
Sugu qu'oouriou pas ri mumé émé de coutigo ;
Ti fasiou de badaous à m'estrassa leï briguo ;
Quan ma vieïo chambriero, espeço de Fanchoun,
Entré meïs douis rideous ven de garapachoun,
Mi remetté un paquet !... Es Chichois ! ô qué festo !
Lou liégi, lou reliégi, aï pus de maou de testo,
Pus gé de fébré, aï prés uno facho de reï,
Et saouti de moun lié frés et gaï coumo un peï.
Diguas puei qu'un poveto es ren qu'un sooutembarquo ;
Senso teïs vers fariou pas liguetto à la parquo.

Gramaci ! maï, moun bravé, es pas tout, as proumés

(Et tendras ta paraoulo, espéri, dïn lou més);

As proumés que Chichois, atour toujou pu drolé,

Vendrié nous régala dins un trésième rolé ;

Coumo, sies pas counten ! as fa sa counversien,

Et voués d'aquéou gusas faïré un gran musicien !

L'entrepresso es ben fouarto ; aï per tu la pétoucho,

Sé n'en vénés à bout fas maï que mesté Moucho.

Conti su tu, pas men, et coumo sieou curiou,

De veïre oou darié pouint leïs prougrès dé toun fiou,

De juja sé despui qué s'enmasquo en artisto,

A pus l'air ni lou jés deïs Booudin et deïs Tisto ;

Tout beou jus, lou veïraï senso quitta moun traou,

Senso ana din Marsio affrounta lou mistraou,

Et per estré témoin dé sa pus bello gloiro,

Li douni rendé-vous dins lou Counservatoiro.

BARTHÉLEMY.

Oou Counservatoiro, li siou

Despui la fin d'aquest' estiou,

Va sabès, va vous escriveri.

Crèsi mumé qué vous dounéri

Quoouqueï pichouis rensinamen
Touquant n'ouest' establissamen.
Leï proufessours soun fouesso aïmablé,
Leï couléguo' assez agreablè,
Per leïs frumos, foou coupa cour,
Et diré qu'aco es pui la flour !
M'avia dit qu'eroun fouesso fino,
Manélo et souplo de l'esquino ;
Crési qué vous sia pas troumpa.
Diou crési, car va sabi pa.....
Bessaï... pus tard... sériè poussiblé...
Diou pas noun... car sieou pa'insensiblé
Quand viou uno bello santa !.'...
Et l'Escolo, d'aqueou cousta,
Fournissé quoouqueï troués de fio
Qu'incendiarien tout Marsio...
Quant oou régimé dé l'oustaou,
Soourés qué sian ni ben ni maou,
Soulamen si levan troou d'houro.
Nous révioun, dévina couro ?
Avant jour touti leï matin.
S'entendia lou charavarin
Qué nous fan émé la campano !
La déqué vous dorbi lou crano...

Alor si levan, descenden
Et travaïan doues houro' oou men.
Fielan de souen, mountan de gammo,
Fen dé pouints d'orgué' a rendré l'amo !
Sus d'un piano tout desmounta
Que diria què l'an esquinta,
Darrieramen leï sieïs ooutavos
Eroun tant remplido d'entravos
Avien tant besoun doou fatour
Qu'escriveri oou diretour :

« Monsieur le Directeur, le piano de ma classe est poussif ; chaque jour une corde qui casse vient aggraver l'état d'un clavier tout perclus, dont les ressorts blasés ne fonctionnent plus. La note qui devrait résonner est très-souvent muette, et l'ivoire n'accouche que de sons cathareux, sourds, discords, éreintés, devant qui les chanteurs fuyent épouvantés. Le bruit même, le bruit ! et les effets rapides ne dissimulent plus les lacunes perfides qui naissent sous nos doigts. Or, l'accompagnement pourrait-il ne pas choir en cet événement ? Exemple : l'autre jour avec ses notes claires, Valentin travaillait un air des *Mousquetaires* ; lorsque dans un moment où la voix au repos attend un *si bémol* pour partir à propos, notre pianiste eut beau s'escrimer, se morfondre, ce gueux de *si bémol* ne voulut pas répondre, et privé tout-à-coup de

l'appui de ce son, le ténor fut contraint d'arrêter sa
leçon. Il est temps d'obvier à cet état de choses. Les
chanteurs ont promis de rester bouche close, et l'ac-
compagnateur les mains dans son pourpoint, éloigné
du clavier, tant qu'ils n'ouïront point l'harmonieux
écho de notre vaste salle vibrer et tressaillir à la voix
triomphale du piano réparé par les soins du facteur.
Je suis en attendant votre humble serviteur. »

Lou travaï suspendu miech'houro
Descenden per pita l'amouro
Pui après avé déjuna,
Coumençan maï jusqu'oou dina.
Et quntou dina ! va foou veïré
Dé seïs propreïs ueis, per va creïré !
La cinq cent millo gusarié,
Van déleougea la pescarié
Toueï leï jour, et noun fan pas faouto
Dé ventré, dé testo, dé gaouto,
Dé troués dé marlusso qu'an més
A rémia despui siei mes.
D'oureou qué sentouň la bécasso,
Qué diria qu'an prés à la casso,
Et puis dé manché dé béqué,
Vo ben qu'oouqué marri souqué.

Lou dimingé' aven de galino
Qu'an débana dé la peitrino,
Dé gaous mouar de pérémounié
Su la barro d'un galinié ;
(Diga, saï résoun, vous n'en prègui,
Vous qué va sabés?) Dé pessègui
Qué sé vous n'en foutien un coou
Vous garçarien la testo' oou soou ;
Dé salado dé bortoulaïgo,
Dé supi frégido' émé d'aïgo,
Qué duvoun avé, émé résoun,
Ni gous, ni saousso, ni saboun ;
D'espinar oou seou dé candèlo,
Couyna émé dé bouts dé ficèlo,
De cataplamus per fassun,
Dé linguo qué sentoun oou fun,
Dè fugi séc coumo d'estoupo ;
Enca vous diou ren de la soupo
Quès uno' espèço de lagas.
Per nen féni, nouestré gusas
Dé fricoutur, courouno l'obro,
Sé foou creïré' un pichoun manobro
Qué l'a dessouta' eïer matin,
En metten d'aïgo din lou vin...

Es aco cé qué nous désouelo.

D'aoutro part, cé qué nous counsouelo,

Es qu'après avé maou mangea,

S'anan un paou espassegea.

Dé dous en dous, de quatré en quatré,

S'encaminan per ana' oou thiatré.

V'hui anaren veiré *Robert*,

Déman un ooupéra d'Aouber,

Eï quatrièmos din nouestro logeo.

Quoiqué' en poou haou, dégun dérogeo,

Sé n'en foou jugea per leï noum

Qué poudé légi din lou foun.

Leï professours leis pus utilés,

Leï cantaïré leïs pus habilés,

Touti an passa paou à paou,

Despui vingt ans per aqueou traou.

Lou dijoou, vo ben lou dissato,

Fourrié n'avé ni pè ni pato

Per manqua lou thiatré'Italien...

Aquel endré voou un milien!

Tamben n'en préni la coustumo :

Figura-vous qué la douis frumo

Qué cantoun doux coumo dé meou,

L'a uno basso coumo un borneou,

Uno tayo qués uno lamo!

Sé l'entendia faïré leï gamo!

Pa, pa, pa, pa, pa, pa, pa, pan...

L'a dé qué toumba su lou ban,

Et si li poou ren diré contro.

Maï lou pu fouar, es l'haouto contro!

Vo lou ténor... Aqueou surtout,

Per exemplé, va roumpé tout,

Senso qu'agué besoun d'ajudo.

Qunto carrèlo ben vouignudo!

Diria qué pren jamaï l'alen.

A la vouas, lou gous, lou talen,

Ah! foou qué li rendi justici,

Canto coumo'un fué d'artifici...

Aven pui quatré coou per més

Nouestro plaço oou thiatré Francés,

Per estudia la coumédio,

Lou dramé émé la tragédio.

Li vaou assez souven. Dilun,

Cependant, eri fouesso lun

De pensa qu'anarion oou thiatré.

Véniou dé canta coumo quatré,

Eri las, et mi fasiou fouar

Dé mi coucha d'houro lou souar,

Quand viguéri din la carrièro,
Prochi d'oou passagi Bergièro,
Afficha su lou courradou :
ANGELO, TYRAN DE PADOU !
Despui maï dé très més, sans cesso,
Oousiou parla d'aquélo peço
Qu'avié fouesso réputatien.
Proufitéri de l'ooucasien,
M'alisqueri dei pè à la testo
Coumo s'anavi à n'uno festo,
M'aguessias vis aviou bouen air,
Mangeri un mouceou en l'air.
Prengueri l'oounibus qu'ero din la carriero,
En arribant croumperi un biet de premiero
Dins un fooutuei oou secound ban,
Et mounteri jouious et fier coumo Artaban.

CHICHOIS

OOU THIATRE FRANÇAIS.

CHICHOIS

OOU THIATRE FRANÇAIS

SOMMAIRE

Entrée de Chichois dans la salle du Théâtre-Français. — Grand récit de Thisbé
par Mᵐᵉ Dorval. — Un mot sur la jeune fille de cette illustre artiste. — Portrait de
sa suivante. — Suite de l'analyse du drame. — Scène *des yeux* chez Angélo. —
Irruption soudaine d'une troupe de *Matagots* dans le palais d'icelui. — Mœurs,
habitudes de ces esprits facétieux et folâtres. — Grand concert donné par eux. —
Magnifique réception de deux *Matagots* avec chanson en langue matagote. — Suite
de l'analyse du drame. — Vers en l'honneur de Mᵐᵉ Dorval par *Chichois*.

CHICHOIS a G. BÉNÉDIT

I.

En intran eï Françès trouberi sallo pleno

Leïs atour eroun déjà en scèno.

Quoiqu'aco mi placeri leou

Per entendré lou grand mouceou.

Qu'à péno' alor acoumençavo.

L'avié' un' atriço qué parlavo!...

Bagasso! n'avié sept et cin....

Jamaï dégun a parla ensin.

Parfétamen ben assiounado,

Ero vivo, aimablo, assurado,

Un vieï tyran n'ero jalous;

Et tout en creignen seïs espous,

Li demandavo fouesso cavo....

D'abord s'èro ben eou qu'aïmavo?

Pui en qu véniè dé parla?

L'atriço senso s'encala

Li repliquavo : vous assuri,

Qué parli pas de vous, va juri.

Preniou quoouquei rensinamen.

Veïci su qué : tant soulamen

Moun historo' es un paou encieno.

II.

Siou qu'uno paouro coumédieno,

Vengudo eïci per v'amusa.

Un jugué, qué pourré' escrasa

Senso raisoun, senso justici
Deman selon vouestré caprici.
Maï talo qué siou, mounsinour,
Esten jouino, aï agu l'amour
D'uno mèro qu'èro ben bravo.
S'aguessias vis coumo m'aïmavo,
La santo frumo doou bouen Diou !
Oourie douna soun sang per iou.
L'hiver dins seï mans mi cooufavo.
La nué dins soun lié mi tapavo,
Si reviavo à tout moumen
En sursaou, per teni d'amen
S'aviou lou souen doux et tranquilé.
Crési qué sérié difficilé
De rescountra ren de miou.
Vous qué sia desgousta de tou,
Se sabias cé qu'és uno mèro !.... .
Aquito la ni sur, ni frero,
Que la pousquoun faïre ooublida,
Quan lou ciel vous la ven leva...,
Es un bouenhur senso mélangi,
De pensa qu'émé vous l'a' un angi,
Que camino quan camina,
Que s'arresto quan v'arresta,

Que ben rejouinudo et ben caoudo,
Vous pren, vous bresso su sa faoudo,
Vous canto per vous endormi,
Vous di moun sang, moun bouen, mami,
Qué vous ri quan avé dè lagno,
En vous tintouregeant. Qu'espragno
Su' tout, per vous accountenta,
Quan per fés véné' a souhaita
Qoouqu'amusamen. Que vous douno
Soun lat, d'abord, quan sia pichouno,
Quan sia pu grando toui leï jour
Soun pain, e sa vido toujour.!!....
Que vous parlo senso coulero;
Que vous di moun enfan, et que li dia ma mèro,
Eme'un air tant doux tant catiou
Qué réjouissé lou bouen Diou,
Et vous douno dex ans de vido!!....
Et ben, creaturo accoumplido,
La méro qu'aviou er'ensin.
Sus cent, n'en troubaria pas cin,
Qu'aïmaissoun ooutant ben sa fio.
Iou souleto eri sa famio;
Tamben si privavo de tout
Per iou. La suiviou de partout

A l'égliso, eï quey, per carriero.

Passavi leï soirado'entiero

Hiver, estiou, a soun cousta,

Car ma mèro' anavo canta,

De cansoun, lou souar, su la plaço;

Quan intravian ero ben lasso

La paouro frumo, et ben souven

Moun Diou, gagnavo quasi ren....

Maï l'éro'égaou, si counsoulavo

D'estré émé'iou. Mi regardavo,

Et pui mi regardavo maï,

Et pui mi disié, qué jamaï,

Tout l'or, tout l'argent de la terro,

Remplaçarien per uno méro,

Lou bouénhur dé veïré un moumen

L'enfan en qu voou tant de ben !!...

Un souar qué ma mèro cantavo,

Et qué lou poplé l'escoutavo,

Digué uno certaino cansoun

Qué fagué riré. La raisoun?

L'avié bessaï quoouquo soutiso,

Su la sinourié dé Veniso:

Ma mèro li comprenié ren....

Lou fait es, qué sus lou moumen

Passé'un hommé dé la pouliço,
Mi semblo l'entendré — Anen, isso
Leva-vous, leissa-mi passa....
Un coou qué si fougué'avança
Prochi do iou et de ma mèro,
Jité'un coou d'uei plen de coulero
Su d'ello; et la mounstran doou dé
Eï gens soumés à soun poudé :
« A LA POUTENCI' AQUÈLO FRUMO!
Eïci va sabé' es la coustumo
Que quand vous prénoun sia perdu;
Et ma mèro qu'avié' entendu
Ce que li disien, la paouro'armo!
M'embrassé'emé uno grosso larmo,
Qu'en toumbant mi brulé lou front.
Résignado'en aquel affront,
Mi fagué signé de la suivré,
Prengué soun crucifi de cuivré
Et digué : quand sia malhuroùs
Foou tout mettré eï pé de la crous!!!!
    Iou din aqueou tem, quand li songi,
Mi semblavo estré dins un songi!....
Crésiou qu'ero pas per de bouen
Qu'agicien ensin, et moun souen

Duravo toujour.... Estounado
De veïré ma mèro tratado
Senso respè, ni senso esgard,
Eri'enterdicho.... maï pu tard,
Quand viguéri qué l'estacavoun,
Et que senso iou la menavoun,.
Oh! alors se m'aguessias vis,
Eri fouelo.... feri de cris
Affrous.... Davant iou émé ragi,
Subran, mi dorberi' un passagi,
En revessant deï dous cousta
Tout cé qué mi voulié' arresta...
Ni lou poplé ni leis gendarmos,
Ni la pouliço émé seis armos,
Degun mi semblavo proun fouar;
Car mi sentiou oou foun doou couar,
Uno noblo e santo coulero !...
Per arriba jusqu'à ma mèro,
Mounsinour, redoutavi ren,
Et cresi qu'oouriou mes en fren,
Din seï dimensiens couloussalo,.
Leïs pouartos dé la cathédralo,
Sé mi l'avien sara dedin !...
Résistéri tant qu'à la fin,

Prochi dé ma mèro arribéri....

Tout en plour alor mi jitteri

A soun couélé, per l'embrassa,

Mi vougueroun proun repoussa

Maï ni seï gès, ni seï ménaço,

Mi féroun bouléga de plaço.

Tout lou sènat sérié vengu,

Qu'oourié jamaï ren ooutengu.

L'aoubré viou pas senso l'escorço !!.,.

  Coumo via, l'avié qué la forço,

Que pousquessé'agi contro'iou,

Et l'empluguéroun. Oh ! moun Diou

Me nen souven coumo s'éro'aro,

En li pensan tremoueri' encaro,

Se siou pas mouarto de l'esfrai

Aqueou jour, oh ! moueri jamaï....

Dous hommé su iou si jiteroun

En memé tem e m'arraperoun

Senso pudou, senso pieta,

Dé pertout, per mi fa quitta

Ma mèro.... coumo resistavi

Tant qué poudiou, et qué creïdavi,

Alor mi pousseroun oou soou,

Et mi douneroun tant dé coou,

Qué sentiou meï forços perdudo !

Esglariado.., creidavi : Ajudo,

A moun sécous !.... A l'assassin !...

Mi laïssé pas maoutrata' ensin....

Graci per uno paouro fio !..

Sa mèro es touto sa famio....

Aï doun tengu quaouqué prépaou

Sus quoouqu'un ?... Vaï ti fà de maou ?

Parla ?... Diga mi ? vous escouti...

Maï avé gès de mèro, touti

Tant que sias, qué m'arregarda

Senso vouïu' un paou ajuda

La paouré' enfant qué vous n'en préguo,

S'ero v'aoutri fariou cent leguo,

Per vous veni porta secous....

Vous déssepara quand sia dous !

Alors qu'avé ni sur ni frero !

Oh ! ma mèro ! ma boueno mèro !!

Parla, diga li quoouquaren....

Vouestro fio trovo plus ren,

Per aqueleï couar insensiblé...

Oh ! nani nani...! es pas poussiblé...

Boueno Santo Viergi, moun Diou,

Sinour, agué pieta de iou...

Vous toucaraï, n'en sieou séguro...

Maï es lou cris de la naturo

Que parlo' en iou... et pa'un ami...!

L'anaraï pas... nani... tua-mi...

Entendïeu plus ren, mi coouquavoun

Souto leï péds... mi tirassavoun

Per leïs chuvus... à chasqué pas

Mi despouduravoun leï bras...

Touto' en lambeou, martirisado

De coous, et leï forço' espuisado

Paou à paou, mi sentiou peri,

Et crési qu'anavi mouri,

Quand lou bouen Diou fagué'un miraclé !

Per fini lou triste espetaclé,

Qué vous conti' eïci, mounsinour,

Lou ciel, mi mandé' un senatour,

D'uno deïs pus noblo famio.

Ero' accoumpagna d'uno fio

Qu'ero poulido coumo' un soou,

Mi vigué, mi cuïé d'oou soou,

Et pui ané parla' à soun pèro

En favour dé ma paouro mèro,

D'uno vouas tant douço' en plourant,

A seï ginoux en suppligant,

Qué ma mèro' ooutengué sa graci !...

Après la terriblo disgraci

Qu'avié sudura, pensa ben,

Qué sigué soun countentamen?

En vian dins un moment de festo,

Lou souluou après la tempesto.

Quan siguerian en liberta,

Toui doues vouguerian s'aquita

Envers nouest' angi d'innoucenço,

Et dins nouestro recounouissenço

S'enclinerian émé respè,

Li beïserian leï mans, leï pè,

Li diguérian qu'éro ben bravo,

Et pui après tout plen de cavo

Fouesso poulidos, mounsinour.

Anfin, per counsacra' aqueou jour,

Ma mèro alor pléno de voyo

Touto rayounanto de joyo

S'avancé de la bello' enfan,

Li metté soun Christ dins leï man

En li disen : madameïselo,

Vous qué sia' ooutant boueno que bello

Diou vous preservé dé malhur,

Aco vous portara bouenhur...

—Vaqui.—Despui' aquel' aventuro.

Ma méro, santo creaturo,

Es mouarto... et d'un aoutré cousta,

Mounsinour, aï plus rescountra

L'enfant qué la soouva la vido.

Qu soou, foou que siegué partido

Per ana' en pays estrangié...

Courré bessaï quoouqué dangié...

Vo ben enca, sacrifiado,

Es tout à fait maou maridado

Et per counséquant malhuroué

Et iou, aro que siou huroué,

Désirariou de l'estre' utilo ;

Tamben quand voou dins uno villo

Cerqui toujour em'attencien,

Pertout preni d'informacien.

Interrogi, per fès escouti,

Pui conti moun histoiro' en touti,

En demandant s'oourien pas vis

Dins leï mans de quoouqu'un, lou Chris

Qu'aoutreï fés ma mèro portavo,

Per lou counouissé l'a' uno cavo

Que poou pas troumpa, car moun noum

Es escri dessus. Ensin doun,

Sé un jour m'aduen ce que souhéti

De tout moun couar, et qué regreti,

Alors siégué qu siégué, eh ben,

Ooura la mita de moun ben.

Quant à l'enfant, qu'émé soun pèro

A soouva la vido' à ma mèro,

Per elo, faraï ren de troou,

Moun Diou, en li dounan ma vido sé la voou! (1)

III.

Que vous diraï, dedins la sallo,

Doou paradis jusqu'eïs estallo,

L'avié maï d'un jouiné cadéou

Qué plouravo coumo'un védeou.

---

(1) Le public n'a pas oublié sans doute la polémique chaleureuse qui s'est élevée naguère sur la langue provençale, au sujet de CHICHOIS. Dans ce brillant tournois littéraire, où les champions firent preuve de tant d'érudition et de courtoisie, l'un d'eux, M. Louis Méry, soutenait avec raison que le provençal pouvait, indépendamment des scènes d'observation comiques, rendre les sentiments les plus nobles et les plus élevés. Par malheur, M. Louis Méry se trouvait dans l'impossibilité de citer aucun exemple à l'appui de son opinion, à cause du dédain absolu que les poètes provençaux avaient manifesté jusqu'ici pour le genre pathétique.

C'est probablement pour remplir cette lacune et justifier les paroles de M. Louis Méry, que CHICHOIS s'est plu à raconter si longuement l'aventure de Thisbé, qu'il nous prie d'offrir en son nom à l'auteur des CHRONIQUES DE PROVENCE.

Leï frumos leï mies assiounados,

Eroun touti estoumagados.

Iou mumé, en va dian, sieou confus.

Eri gounflé coumo'un pérus.

Maï tamben foou diré uno cavo :

La coumédieno qué jugavo

Va pussugavo fouesso ben !

Eh ! tenè, se ve n'en souven,

Foou que l'agué visto à Marsio.

Vengué' em' uno pichouno fio,

Poulido et rousso coumo l'or

Qué poudié' avé tregé an alor.

Maï parla mi de la suivanto,

Aco vouei, qué fio puissanto !

Qunto carruro ! qunteï pè !!

Aqui l'avié ren de suspè.

Liscado, couroué, fresqu' et blanquo,

Avié dé bras coumo dé tanquo,

De bouteous coumo de barriou,

Quatre mentouns digné d'un priou.

D'uei à faïré vira la testo

Eïs pus assoueras. Per lou resto

Crési que rendié su d'acot,

De pouin à Nanetto Nicot.

Vaqui ce qué mi trementavo !
Touti leï matins quand passavo
Per ana' à la repetitien,
Mi dounavo de tentatien....
Ero'uno superbo chrestiano !
Portavo uno raoubo d'endiano
Fouesso échancrado. Un jour Tisté,
Li voulié mouardré lou couté.
N'avié gés vis d'aquel' éspeço.

IV.

Maï parlen un paou de la peço.
Lou vieï tyran qu'avié escouta
Tout ce que l'avié débita
Sa maistresso, sigué pa' en resto :
N'agué leou trento touteï lesto ;
Car eou soulé blagué pré dous.
S'avancé d'un air souloumbrous
Vers la coumedieno' en silenço,
Et li fé' aquesto counfidenço ;
— « Eïci mi prené per quoouqun ?
Eh ! ben, siou qu'un *taroun.* Cadun

12

Mi fa passa la vido duro,

Et faou uno triste figuro.

M'arémarquoun coumo un fada.

Assagi proun de coumanda,

Maï n'a d'aoutré que mi coumandoun.

Tout lou fran diou doou jour mi mandoun

D'espiens, per mi teni d'amen ;

Es ce qué fa qu'a tout moumen

Foou qu'emplugui fouesso mysteri

Per couyouna' aqueleïs arleri,

Car soun de bougré qu'an lou fiou,

Et soun fouesso pus fin qué iou.

Ténè, bessaï qué nous escoutoun

Et n'en vian pas v'un, car si boutoun

Dé pretout per mies fa soun jué.

Souar et matin, lou jour, la nué,

Din leï caïssos, din leïs armari,

Din leis traous, vo souven un garri

Passarié pas, troboun mouyen

De si li fooufila ; tamben,

La nué sarri pas la parpelo ;

Coumo bouffi su ma candelo,

Tout aqueleïs faribustié

Souartoun dé dessouto moun lié.

Espinchoun doou traou deï sarraïo,
Si proumenoun din leï muraïo,
Passoun, répassoun d'escoundoun,
Mi fan veni sept coou *taroun*.
Eïer per veu douna la provo,
Estrapiavoun su moun arcovo.
En m'adreïssan, remarqui' en l'air...
Oou planchié l'avié un uei duber .
Qu'en mi vésen si fout' à riré !!
Sus lou moumen, es pa per diré,
Eïço d'eïci mi troublé' un paou...
Vouliou revia tout l'oustaou,
Per mi veni douna d'ajudo
Contr' aquel' uei, maï l'habitudo
D'estré soulé touto la nué
Din ma chambro, mi tengue lué
De coumpanié. Moougra ma fouiro,
Preni la destarinadouiro
Qu'avien laïssado à n'un cantoun,
Et m'en vaou de garapachoun...
Per malhur, coumo m'avançavi,
Ben d'aïsé et que mi preparavi
Per garça' un coou en d'aquel uei...
Avié déja passa per ui...

Satisfa d'aquelo ruissito,

Voou per mi recoucha dessuito,

Coumo quittavi meï patin,

A plaço d'un uei n'agué ving

Qué mi venguéroun fa la mino...

En haou, en bas, darrié l'esquino,

Su la chemineïo', oou planchié,

Din leï cendrés, souto lou lié,

Vésia qu'ueis qué s'escarquiavoun,

Qué si dorbien, qué si sarravoun...

N'avié dé touti les façouns,

Dé long, dé pounchu, dé rédouns,

Dé chocolat, dé blu dé Prusso,

Dé blancs, dé gris, dé roux, dé puço ;

Dé jaouné, d'amadou rima,

Dé vert, dé grapaou enroouma,

L'avié dé qué perdré la testo.

Maï qu'és aco prochi doou resto :

Aousi riré darrié dé iou,

Mi viri... ren. Oh ! troun dé diou !

Eh, qu'és eiço ! Dégun bouffavo.

Moun estounamen ooumentavo...

Eri susprès trento coou maï

Qué s'aguéssi vis voula' un aï !...

Per bounhur, à la fin sachéri
Dé qu'èro quéstien, quand oouséri
Uno bando dé matagots
Qué fasien cent mille estrambots !
Rounsavoun touti leï cadièro,
Prisavoun din ma tabatièro,
Mi garcéroun lou lumè' oou soou,
L'amoucéroun, et pui qu soou,
Entrè' éli, cé qué si faguéroun !!...
Per iou, sabi qué m'arrapéroun
Per lou moustachou, per lou nas,
Mi gassaïavoun leï douis bras,
Mi pussugavoun leï cavios,
Mi bouffavoun din leï oourios,
Mi coutigavoun leï arteous,
Mi grafinavoun leï bouteous,
Impoussiblé dé resta' en plaço ;
Sooutavi coumo' uno rascasso,
Lampavi coumo' uñ chivaou frus !
Aviou pas caou, eri tout nus...
Maï eli risien dé pus bello...
M'estaquéroun uno ficello
Sabi plus mounté, qu'en tirant
Mi fasié camina en avant,

Oou souen dé certéno musiquo
Qu'éro un tant si paou fantastiquo...
Li duvié' avé fouesso peïroous ;
Gros et pichouns, dé viéi, dé noous,
Dé licho-froïto, dé carrèlos,
Trento pareou dé cabussèlos ;
Vous figura' aqueou chamatan ?
L'avié dé palos, dé sartan,
Dé cassérolos, dé mouchétos,
Quaranto liasso dé forchétos,
Et maï dé cent cinquanto biou
Qu'avien dé vouas doou tron dé Diou !
L'agué un moument qué si poouvéroun ;
Touti leïs instrumen cesséroun
En mémé tem ; crésiou anfin
Qué vénian d'arriba' à la fin
Et mi sentiou déjà' à moun aïsé,
Quand uno vouas mi digué daïsé :
« Diou ti gardé dé vertigos,
Van réçubré douis Matagos ! »
Alors mi gratéroun l'esquino,
Mi pousséroun per la peitrino,
Et toumbéri à n'un mouloun
Emé lou cuou su leï mâloun.

Biiiiiien. Qué faïré ? ren. Espéravi
Asséta'oou soou. Coumo'escoutavi,
La cérémounié coumencé,
Et veïci cé qué si passé :

. . . .

. . . .

V.

1ᵉʳ MATAGOT.

Olla maïa goïa Walesky !
Papa, Baralla vié Garock,
Parapha, Kimel, Achestky,
Sacris, Titti, Fellha, Barock !

Chœurs de Matagots.

(D'après ce qui nous est revenu par tradition, le roulement suivant doit être pris en voix de tête sur un diapason très-aigu.)

RRRRRRRRRRRRRRR

2ᵐᵉ MATAGOT.

Tavaï, ouy, michir Arlery,
Gobeja, gobé, thipocras,
Bragadin, galla cristeri,
Angelari, napadenas.

Chœur de Matagots.

RRRRRRRRRRRRRR

3ᵐᵉ MATAGOT.

Cohenos, negros et Sansos,
Amabilibus tavanar,
Allos clubos, paradisos
Mangear, dormir, fumar, dansar.

Chœur de Matagots.

RRRRRRRRRRRRRR

4ᵐᵉ MATAGOT.

VeniR de luenCH, per faR l'aiLLHeT
De dreCH, lou mangeaR quand es faCH
Et catacan, quand sias souleT
AnaR mesclaR aiLLHet et laCH.

Chœur de Matagots.

RRRRRRRRRRRRRR

5ᵐᵉ MATAGOT.

Chikchois otor bene cantar,
Concertum philarmonica !....
— Falir tout il mondo mangiar
— Io non vedir necessita.

Chœur de Matagots.

RRRRRRRRRRRRRRR

6ᵐᵉ MATAGOT.

Bodhet princeps Nigodinos,
Silencium non osservar,
Impossibile di contar
Seis esperados su lalthos.

Chœur de Matagots.

RRRRRRRRRRRRRRR

(Cris, éternuements, éclats de rire prolongés).

VI.

Aprö' aquello saharquinado,
Mi touquéroun uno' aoutr' ooubado,
En si méten touteï en roun
Per mi canta' aquesto cansoun :

1ᵉʳ COUPLET.

Kaniké, gogod chingagou
Al barryk brick brick mi souri
Felik massou belli bou,
Alli menou kakari.

REFRAIN.

Kaniké, gogod chingagou,
Al Barick, brick brick misouri.

2ᵐᵒ COUPLET.

Galligari, couscoussou,
Alla goba sallari.
Colpofredo di visir,
Di denari non tenir !

REFRAIN.

Kaniké gogod chingagou,
Al Barick, brick brick misouri.

3ᵐᵉ COUPLET.

Estrasati crick et crock,
Paravichi d'estandar,
Tou venir coyllonegiar !....
Al faruck ti brick ti brock.

REFRAIN.

Kaniké, gogod chingagou,
Al Barick, brick brick misouri.

Oou mitan dé la sarabando,
Touto' aquélo mooudicho bando
Fasié leï cent-déxo-noou coou.
Après m'avè cuyi doou soou,
Gambegeroun coumo dé fouelé.
Risien, mi sooutavoun oou couelé,
Mi foutéroun lou dé din l'ueï
En m'assétan su d'un fooutueï
Qué vénien dé mettré' en dourio...
Après m'avè brama eïs oourio :

ANGELO TYRAN DÉ PADOUUUUU,
Agantéroun lou pissadou,
Et pui, per accoumpli la festo,
Mi lou garcéroun su la testo.

 Eh ben ! vaqui mounté n'en siou ?
L'aoutré jour quand va vou disiou
Et qué mi vouguéria pas creiré ?
Sé d'ooumen va poudia' un paou veiré !
Crésè mi, l'a dé qué trambla !
— Vouei, maï ave bell' à sibla,
Coumo dien, quand l'aï voou pas bouaro,
Ello, embétado de l'histoiro
Dé Véniso, dé Moussu Hugo,
Leï révénans, leï matago,
Tout eïço l'avié foutu' un caïré.
Esperavo soun calignaïré
Que l'avié proumé de veni
Dré que lou viei serié parti.....
Tamben quand aquéou brescambio,
Quavié puleou l'air d'uno fio
Que d'un homme, agué pareïssu,
La couquino l'ané dessu ;
Lou regardé deï pé' à la testo,
En li fasen cent millo festo.

Lou déluougé de soun capeou,

En li disen : « Moun bouen, moun beou,

Ma caro d'or, ma bello raço,

Diguo-mi ce qué t'embarasso ?

Car as pas l'air d'estrè counten ;

Sabes, ti vouéli fouesso ben !

Ensin aguès plus gés de lagno. »

En memé tem, d'uno baragno,

Un espèço de briguétian,

Qué marchavo su lou chrestian,

Espinchavo en fasen l'escouto.

L'uei de coustié, la testo souto,

Bordegeavo à garapachoun,

Darriè la frumo et lou pichoun.

Portavo per pagua de mino

Uno quitarro su l'esquino.

Lou gus ! mi semblo que lou vieou,

Jugavo crési' à lativiou.

Fasié baboou, puï s'estremavo,

Sortié, passavo, repassavo.....

Quand l'amourous sigué soulé,

Alor, subran coumo un boulé

Qué parté' et toumbo à foun de calo,

Ven et li piquo su l'espalo.

S'aplanto..... reculo d'un pas.....

Lou fisso..... si crouso lei bras,

Et li di : masquo ti counouissi.....

Resto' aqui, foou que t'avertissi.

Sies pa' un taou. — Coumo? — Sies un taou.

Intrès pas dins aquest' oustaou,

Per caligna la coumedieno.....

Faï mi graci de toun antieno,

Ti creiriou pas; car siou segu,

Couleguo, que sies pas vengu

Per Babè, maï per Catarino.

Anen, mi faguès pas la mino,

Vies que ce que diou es veraï.

Eh ben ! se voues, t'ajudaraï.

— Vous? — Ieou. — Couyouna? — Bon, couyouni!

Ah! ça, quand jugan que vous douni

La provo de ce que vous diou?

— Maï coumo vous dien? — Tron de Diou,

Faou qu'agué ben paou de judici;

Porvu que vous rendi servici,

Qué voulé maï? Escouta-mi,

Et veiré que siou un ami.

D'abord, moun cher, sia de Veniso,

Coumo siou d'Oouruou. A l'égliso

Avé vis l'a douis mès pa'enca,
La frumo que vène cerqua.
Avé bello faïré l'areto,
Despui lor coucho plus souleto,
Es maridado. Maï soouré
Qué sé voulé, v'hui, la veïré.
Vous faraï intra din sa chambro.
A' un mari qu'és fin coumo l'ambro,
Lou couyounaren. — Oh ! moun cher !
Sia pu bravé que n'avé l'air,
Vous preniou per un bouenevoyo ;
Et mi vené douna dé voyo ! !...
Per que vous ooublidi jamaï,
Digua mi coumo vous dien ? — Maï !
M'avé embeta. Que sequo narro,
Vous fouti' un coou de la quitarro,
Se parla maï..... Eh ! teisa vous !....
Estou souar anaren touis dous
A vounz'houro, oou clar de la luno,
Su lou port. Fourra resta'en uno,
Prochi lou pouent dé... (tron de Diou !
A qui l'a'un noun empachatiou
Que mi poou pa'intra din la testo,
Enfin es egaou). Per lou resto

Vous diou ren, moun cher, va veïrés,

A vounzo'houro, quand li serés.

— Et perque mi rendè servici ?

— Va t'aï dejà dit, ti counouissi,

Et tu mi counouisses tambon

Despui l'an passa. Sabes ben

Aquéou souar que ti retiravés

Su lei dex houro et que passavès

Su là plaço de....., de..... San..... tron ?...

(Aqui la maï un noun doou tron),

Que l'avié de gens que creïdavoun,

Et que dougé nervi' ensaquavoun

Quoouqun, et qu'à grands coous de poun

Feria courré' aquéleï capoun ?

Eh ! ben, ero iou qu'eri floro.

Cependant siou pa' uno pecoro !

Anfin, moun cher, sian entendu.

Mi fé l'effet d'un bougré du,

Ensin conti su vous. — Maï couro ?

— Eh ! ben, vaï dit qu'ero à vounzo'houro ?

— Voueï avè raisoun, estou souar.

— Vendrés ? — A la vido', à la mouar.

Encaro' un mot. Foou pa' avè crento,

Car se l'ooucasien si présento

Vouriou pousqué vous ajuda.

Qu sia ? — Qu siou ? — Vouei. — Un fada.

VII.

Emé' un fada d'aquelo espeço,

Eri pa' en peno de la peço.

Car aquel empuro gaveou,

Espeço de mangeo morveou,

Avie pa' enca perdu de visto

L'amourous, qué sigué' à la pisto

De la maistresso. Uno résoun

Gitado en l'air, senço façoun,

L'agué leou mes marteou en testo,

Li digué, qu'uno frumo hoounesto

Coum' ello, et qu'avié tan d'espri,

Oourié jamaï dugu souffri

Qué soun amourous la laïssessé

Per uno' aoutre frumo, et qu'anessé

Touti leï souar à soun oustaou.....

Nagué proun de dit, lou prépaou

Toumbé pa' oou soou. Qunto couléro !

Ello' alor li digué ce qu'éro :

Un mooufatau, un messoungier,
Que su quoouqué bru passagier
Venié' accusa soun calignaïre
De vouïé la troumpa, pecaïré !
L'aoutré, tamben, de soun cousta,
Li soustenié la verita.

— Vous diou que vouei, — vous diou que nani.

— Su qué voulè que lou coundani ?

— Per la veïré, ven de parti.

— Es pas veraï..... n'avé menti.....

— Vous n'en voueli douna la provo.

— Alor esperi' aquél' esprovo.

— Eh ! ben, siegué ; car estou souar,
Pas pus tard, voueli estré un pouar,
Sé vous lou dessouti pa' eme' ello.....
Vous esperavia pa' à n'aquello ?
Hein ? que n'en dia ? — Diou.... diou pas ren...

— Esto nué si rescountraren
Su lou pouen dé... dé'... (es impoussiblé,
Aqui l'a maï un noum terriblé
Un d'aqueleï noum en questien,
Du coumo de maroditien.
Passi su lou pouen). Arribado
Su lou quay, à la cantounado,

Troubaré' uno pouarto de boues ;
N'en fare ni v'uno ni doues,
La dorbires. — Après ? — Dessuito
N'en troubaré' un aoutro' à la suito.
Pui un aoutro, cinq, siei, sept, hiuè,
A n'uno'houro après miegeo-nué,
Rapela-vous ! — Aquelo' es fouarto !
Mi dia que foou dorbi hiué pouarto ?
— Na maï de vingt ; nen dorbiré
Toujour, tant que n'atroubaré...
V'en diou pas maï, veïré lou resto...

VIII.

Avié fouesso marido testo,
Babè, la coumedieno ! et pui...
N'en duvié avé v'uno en chasqu'uei.
Tamben coumo l'houro picavo,
Senso précooutien arribavo,
Affurado coumo'un dragoun...
Tirassavo de coutioun,
D'eïcito'eïa... D'une man fouarto,
Après avé dorbi la pouarto,

Intré coumo'unò bréfounié...

Si précipité su lou lié,

Mounté l'aoutro, s'éro gitado

De poou... Per pa'estre dessoutado

S'esquichavo ;... ténié l'alen...

A la clarta de soun calen,

Babè diviné leou la ruso !

Car digué' entré seis dents : la guso !

Aougeo fa semblan de dormi !...

— « Qu'ès eïço ! moun Diou ! soouva-mi ! »

Disié l'aoutro' en fen l'estounado,

Coumo s'éro destroussounado...

— Cé qu'ès eïço ? V'ana sachu

Car vous va voou diré. — Chu ! chu !

— Què chu, chu ? Coumo' ave pas crento

Enca de faïre l'inourento ?

Ah ! vous teni souto leis pè,

Masquo ! — Vous léva d'oou respè,

Vaï jamaï vis, que venè faïre ?

— Verni cerqua moun calignaïrè,

Sabi que mi l'avé'escoundu.

— Cerqua lou se l'avè perdu.

— Vooueï ; lou cerquaraï, capounasso !

Es pa'aco ce que m'embarrasso,

Se vesiti l'appartamen,

Lou voou trouba sus lou moumen.

Vouestrei douis plaços soun marquados...

Leï cadieros soun rapprouchados...

Oouria dégu leï dérangea.

Bessaï que l'avè pas soungea ?

Venè d'amouessa la candelo

L'a' anca lou mou. — Madameïselo

Vous assuri qu'ès pas veraï !

— Aco' es troou fouar ! mentiré maï

Se su lou moument va vous provi ?

Tenè, remarqua ce qu'atrovi...

Aco d'aquito' es pa' un manteou ?

Un paou pu luen la lou capeou...

Ah ! qués eïço ? leis boueneis amos,

Que soun aqueleis grandeis damos ! !

Nous prenoun noustreis amourous,

Dé fès qué là ne n'en foou dous.....

Et puis s'arrangeoun à sa guiso :

Soun devoto, van à l'egliso,

Oou pronè, à la bénéditien,

Si fan uno réputatien

De frumos franco' hoounesto, sobros,

Soun de touti leï boueneis obros,

Fan de quêtos din lou quartier.....
Tout' aco soun de masquarié !.....
Enca doou men se si taïsavoun
Un paou, et se s'arremarquavoun !....
Maï, nous mesprésoun touï leï jour ;
De tout tem, en tout lué, toujour,
Rougissoun de nouestro presenço !
Pas mens, la pas grand'différenço !
Meïdamos, foou pas creida'oou fué,
Ce qué fé lou jour, fen la nué ;
L'a que leïs houros de changeados.
Sias richos, noblos, recercados
Pertout ; naoutreïs va sian tamben.
Touti leï souars, quand va voulen,
Si fen deïs pus grandeïs famio,
Enfin, jugan la coumédio
Su lou thiatré, et vaoutri' à l'oustaou.
Avé résoun, la ren de taou
Qué de si fa passa per bravo...
Foou que siguè ben paou de cavo !
Naoutreï ooumen troumpan dégun.
Dian pas tout lou jour en cadun
Que sian la flou de la sagesso...
S'anan pas souven à la messo,

Nous fé susa quand vous li vian,

Car si dounan per ce que sian.

Vaoutreï fé cinquanto coou pire.

Lou proverbi' a raisoun de diré

Qué voou maï bouen bru que bouen vin.

Su millo, n'a bessaï pas ving

De vaoutreï que siegoun hounesto ;

Ave bello'a branda la testo

En m'arremarquant... Ce que diou

Va sabes fouesso mies que ieou !

— Eh ! ben, va sabi, vouei, madamo...

Maï vous juri dessus moun amo,

Que la degun d'escoundu'eïci,

Va vous poudé creire. — Oh ! que si !

Ana, sia fino coumo l'ambro...

Dorbe m'en paou aquelo chambro ?

— Coumo ?... — Vous faraï gés de maou.

— Es moun mari qu'a prés la claou.

— Vouestre mari ? Douna m'un lumé,

La voou ana cerqua iou mumé...

— Nani l'ané pas, mi turié !...

— Alor ero uno masquarié ?

Et mi metia de la partido !

Ah ! vous voou fa courre bourrido,

Tout aro, en vous creïdan ben fouar,

Tout ce qu'aï de dessus lou couar...

Mensoungiero, traïto, gusasso,

Couquino, deshonoro raço,

Ana v'escoundré... Ren mi ten

De vous garça douei lavo den...

— Iou, la fio d'un genthiomé !

— Teïsa-vous, vo soueni vouestré hommé.

Ah ! cresé que m'en anaraï

D'eïcito' et que vous laïssaraï

Moun amourous ? Pas tant *tarouno !*

Vous despouduraraï, capouno...

Foou que vigui la fin de vous.

Guso ! vene'eicito, à ginoux.....

Per qu'enfin vous rendi justici,

Mariasso, foou que v'espooutissi.....

— Voourié fa, se coumo'un uiaou

L'aoutro' en oousen aqueou prépaou

Si la siguessé pas croumpado,

Lampavo toute esprouvantado,

Darrié leïs taoulo, leïs fooutuei.....

Foulié' avé bouen ped et bouen uei,

Car l'aoutro tamben lei mandavo !

L'avié' une ouro qu'eiço duravo,

Crésiou que va fasien exprès :
Maï, vaqui qu'un moumen après,
En vésen oou bout de la sallo
Lou preguo-diou de sa rivalo,
Babè s'arresto, et gito un cris !
Avié recounouissu lou Chris
Qu'aoutreï fés portavo sa mèro...
Ello, alor sentè sa coulero
Que toumbavo coumo un aïé...
Anavo demanda perqué
Lous Chris de sa mero ero'aquito ?
Quand reçuberoun la visito
Doou mari, din l'appartamen...
Vous figura' en d'aqueou moumen
La pousitien dei douis fumello ?
Ah ! n'avaleroun de cruvello...
Duvien avé' uno bravo poou !
Si teïseroun toui doues oou coou.
La frumo avié la testo souto...
Cresi que si fagué dessouto
En oousen dire à soun mari :
« Aï agu boouen nas de veni.
Se si poou creïda de la sorto !
Maï coumo va que sia per orto ?

Aï cresu que s'ero mês fué...

Masquegea doun touto la nué ?

Ma frumo es touto esparoufido,

Et vous sia touto entremounido.

Que tron de Diou es tout eiçot ?

— Fourrié que siguessia ben sot

De creïré que iou et madamo

Vous voulen troumpa; su moun amo,

Veïci touto la verita :

En sorten d'uno soucieta

Tout aro, aï oousi que parlavoun

Dé vous, et qué vous preparavoun

Uno rousto quand sortiria ;

Alor aï dit que va soouria,

Et senso' espéra, tout dessuito

Siou vengudo à ped, senso suito,

Per vous diré d'estré' eïs agué

Touto la nuè. Vaqui perqué

Madamo es touto esparoufido,

Et iou siou tout' entremounido.

Bravé ! ! ! Eri ben lun de counta

Su d'aqueou trait, ma fa ploura...

Eh ben ! dedins touto la peço,

Fa vingt atien d'aquel' espeço,

Et quand lou mari vis pus tar

Que poou pas négua ce qu'ès clar,

Que, furiou contro Catarino,

Mando Babè dins la cousino

Querré de qué l'empouïouna.....

Ello fa semblan de l'ana :

Pren un flascoun d'aïguo de roso,

Ven, et li fa' avala' uno doso

De pouïoun qués pas de pouïoun.

Pui la fa porta d'escoudoun

Jusquo dins soun oustaou, pecaïre,

Per la rendre à soun calignaïré

En vido. Eh ! ben, que v'a pas dit,

Moun bravé moussu Benedit,

Qu'en revengé d'un taou servici,

Aqueou gus, aquelo brutissi,

Lou souar, din sa chambro, en intrant,

La tué. Fés de ben a Bertrand...

Jamaï despui que viou atriço,

Revoulutionna leï coulisso,

Dugun m'avié fa tant d'effè,

Et portant, digua, va sabè,

Uno frumo tant mistourino,

Deglenido de la peitrino,

Que quand la via dins un cantoun,
Li dounaria pa' un coou de poun;
Que s'en va plugado en doui double
Coumo un preguo-diou de restouble,
Et que foute lou fué'à l'oustaou,
Quand a parti de soun repaou ! ! !
Aco' es fouesso beou, nen counveni
Et n'en counvendré. Tamben, teni
A ce qué liegé em'attentien
Leï vers qu'aï fa' a soun intentien !

A Madame DORVAL !

—

Lorsque le théâtre s'enflamme
A vos accents, belle Thisbé,
Chacun recueille dans son âme
Le son dans l'oreille tombé.
Vous qu'un art si beau divinise,
Oh ! c'est bien le ciel de Venise

Qui vous fit naître sur des fleurs.

Cité qui donne, en son délire,

Les larmes après le sourire

Et le sourire après les pleurs !

Lou souar oou thiatre, à la sordino,

Li manderi' aqueleï douis lino:

Lou lendeman mi respoundé,

En mi fen remettre un bié,

Su d'un papier fin qu'embaïmavo

En qu'en liegen, mi rappelavo,

Lou magasin de Demousian.

Desirariou pusqué li sian.

De vous n'en douna counouissenço,

Sera per la prouchaine ooudienço :

Vous v'escriouraï un aoutre coou ;

Li perdre ren n'agué pas poou.

Vous diraï douis mots de meï courso,

De Nouesto-Damo, de la Bourso,

De la Chambro dei Députa,

Aï fouesso cavo' à vous counta,

Per malhur la plaço mi manquo.

Et puis, coumo aï pas carto blanquo

Deï proufessours, duvi tamben
Mi prépara per l'examen
Qu'ooura lué dijoou vo divendrè;
Foou que mounti' oòu lué de descendre,
Et se sabi pas ma liçoun,
Alors siou un pouli garçoun.....

CHICHOIS A L'OOUPERA

CHICHOIS A L'OOUPERA

CHICHOIS A G. BÉNÉDIT

I.

Moun bravé Moussu Benedit,

Despuis ben long-tem vous vaï dit:

14

S'un jour ruississi coumo artisto

Et qu'arriba oou bout creïdi : visto !

Es a voustré bouen couar, à vouestro proutetien

Qu'oouraï dugu ma pousitien.

Va sabés coumo iou, avant de vous counouissé

Eri lou pus marri féna qué si viguessé.

Aviou ni trevo ni repaou,

Que noun aguessi fa touto sorto dé maou.

Quand intravi lou souar leï vesins tremouravoun,

Toutei leï fios s'estremavoun ;

Deï pus gros *nervi* d'oou quartier

Disien quéri lou capourié ;

De nué, dé jour fasiou l'empéri,

N'en counveni senso mystèri.

Hurousamen pareïsseria

Et contro iou escriveria

Tout d'un halen un pichoun libré,

En vers d'un assez bouen calibré.

Aqui mi flattavia tout jus,

Mi tratavia coumo un franc gus,

Countavia dins vouestreï tirados

La mendro de meïs moouparados,

Oou pouint que fasiou plus un pas

Senso que leïs amis, mi riguessoun oou nas,

L'oouriou vougu troussa lou couelé,

L'avie de qué deveni fouelé !.....

Cependant dins un bouen moumen

Mi feri aqueou raisounamen,

Et mi digueri : s'eres sagi,

Ti farien pa'aqueou roumavagi.

L'ooutour de l'escrit en questien,

Es un hommé d'hounour, de counsideratien.

En que servé, moun fiou, qué jurés, que t'engrités ?

Se sès garça de tu provo que va merités;

Senso doute agu l'intentien

De travaïa'à ta counversien,

Quaïmo ben castigo de mumé,

Foou jamaï amoussa lou lumé

Que vous esclaro. Anen pus leou

Pregua'aquel escrivan de mi douna' un counseou.

Su d'aquo vous vengueri veïré,

Per bouenhur eri pas de veïré;

Car vé n'en souvenés bessaï,

Dins vouestreïs escaliers toumberi coumo un faï.

Vooublidaraï pas de ma vido,

Aviou l'esquino endourentido,

M'éri quasi desfa lou bras,

Moun cuou ero espoouti de d'haou jusqu'à d'abas,

N'en demandavi pas moun resto ;

Maï la maniero tant hoounésto

Qu'emplugueria' en mi reçuben ,

Mi faguè fouesso maï de ben

Que toutï leï tasseous que vingt apouticari

M'oourien més su lou tafanari.

Senso avé l'air impatienta ,

Dabord mi fagueria asseta ,

Ensuito m'ooufreria de crousto ,

Eme uno patto de lingousto ,

Pu tard assageria ma vouas ,

En mi dian : Escouta , Chichois ,

Viou d'après moun experienço

Que manqua pas d'intelligenço.

Vous dounaraï conseou , liçoun ,

Et se sia' un hoounesté garçoun ,

Emé moun appui , moun adjudo ,

Quand oouré' un paou près l'habitudo

Doou chant ; quand serès musicien

Alor faraï agi ma recoumandatien ,

Mouyen que sera pa' inutilé ,

Prochi doou diretour habilé ,

Qu'à Paris es lou capourié ,

Et rescontro pas soun parié

Dins nouestré grand Counservatoiro.....

Aquo'es resta dins ma memoiro.

Puis quand m'aguerias ben après

Faguerias ce qu'avias proumés.

M'adreisseria à la Capitalo

Appuya d'une lettro talo,

Que mi reçuberoun doou coou.

Senteri que foulié si teni coumo foou,

Per faïre hounour à ma ruissito ;

Tamben reformeri dessuito

Moun ton de nervi marsiès,

Oougeavi pas parla francès

De poou de faïré qu'oouquo narro ;

Maï paou à paou douneri barro

Eïs pus savens sus d'aqueou pouin ;

Car graci oou proufessour que de jou prenié souin.

Oou bout de quatré mès parlavi

Assez ben, et mi distinguavi

Su leïs R coumo' un moussu.

Lei bouen counseous qu'aviou reçu

Eroun esta mes en pratiquo.

Per ce quéro de la musiquo,

Ni maï fougueri pa' en arrié,

Mi mettien souvent lou parié

Deï pus encieñs deï pensiounari,

Per fès mumé leïs despassavi.

Cependant aviou pa' ooublida.

Ce qué m'avias recoumanda

Su lou fait de l'experienço,

Manquavi pas d'intelligenço,

Estudiavi facilemen,

Saisissiou tout su lou moumen,

Et moougra' aquo vesiou que dins l'etat d'artisto,

Per avé uno plaço requisto

L'on duvié jamaï si pressa,

Et troou lèou si desbarrassa

Deï proufessour istruits qu'à forço de patienço,

Nous apprenient l'art et la scienço;

Que per aquo foulie long-tem,

Quatré vo ben cinq ans lou men,

Afin de si basti uno carriero establo,

Sus de peiro' et pas sus de sablo.

Va sabé mies qué iou et vavé vis souvent

Qué d'atours que fan fouesso vent,

Que si fan announça coumo de grand génios,

Que vous alassoun leïs oourios,

A vous counta tout cé qu'ant fa,

En dounant l'*Ut* vo ben lou *Fa*.....

Soulamen quand soun en presenço
D'hommé de haouto intelligenço
An pas tant de croyo' et leou leou
Soun à la fin de soun rouleou.
Si vis qu'an pa' estudia per mounta sus d'un thiatré
De promièro valour, vous creïdount coumo quatré
Fant de grands bras, virount leïs ueïs
Coumo de phénomeno, et puis,
Parlount francés coumo eïs pus marideïs escolos
Vo coumo de vaquo' espagnolos.
Aï pas suivi d'exemplé ensin.
Pendant quatre ans et mémé cinq
Aï après, paou à paou, leïs notos, la mésuro,
Tout ce qué formo la litturo,
L'art de la voucalisatien,
Lou chant et la déclamatien;
Pus tard aï remporta dins aqueleïs partidos
Touti leïs promiers prex sus de peço choousidos
Mounté mi foulié exécuta
Leï pus grandeïs difficurta
Et coumo aviou l'aploumb d'un coumédien capablé
Et d'un cantaïré véritablé,
Qué sabiou dex rôlé per couar,
En un mot, quéri pas maou fouar,

Touti meï professours pensérount

Quéri en état et m'announcerount

Meïs débuts oou grand Ooupéra.

Alor diguéri fé tira.....

Et tachen dó pa' ana dé caïré.

Sagissié d'uno grosso affaïré.

Cadun avié leïs ueïs su iou,

Leïs marsiés surtout, Féli, Paou et Mimiou,

Leïs gens dé moun quartier, tout lou café Minervo,

Lou pèro Icard de la Réservo,

D'aoutreïs qué m'avien vis pichoun

M'espéravount à l'agachoun

Per veïré sé pourriou trioumpha su la lino,

Vo ben sé piquariou d'esquino.

Despuis quinze jours dormiou plus

Et mangeavi quasi tout jus,

En approuchan d'aquélo esprovo.

Enfin, fougué douña la provo

Dé moun sabé. Coumo un patlen

Aneri à la répétitien.

Lavié de qué trembla quand pensavi d'avanço

A n'un fait d'aquélo importanço,

Foulié qué viressé d'atout

Senso aquo lou saou ero oou bout.....

Hurousamen que leïs coulèguos
Qu'ourient fa cent cinquanto lèguos,
Per mi veïré ruissi d'un coou
M'invitavoun à pa' avé poou
Et mi dounavoun dé couragi;
Meyerbeer eou mémé, hommé sagi,
Prénié fouesso intérès à iou,
Mi trattavo coumo soun fiou,
M'avié fa répéta vingt fès oou men en classo
Lou superbé rôlé de basso
Dins *Robert lou Diablé*, Bertram
Qué duviou jusqu'au bout canta lou lendéman.
Ma testo en vouyageant mettié leïs cavo oou pirĕ,
Aviou gaïré envégeo de riré.

II.

Quand arribéri à l'Ooupéra
Touti avien l'air de m'espéra,
Atours, churs, musiciens, régissour, machinisto,
Oouria dit qu'éroun à la pisto
Per mi veïré véni : saludéri cadun
Ooutant de prochi qué dé lun.

Pui, anéri trouba lou maistré de musiquo,

    Mi fagué douna la répliquo

    Et coumencéri dé canta.

    Eri en trin dé répéta

    Et l'assemblado touto entiéro

Mi fasié coumpliment déjà sus la maniéro

    Dount aviou coumprès Meyerbeer

Quand oouséri à la pouarto un bru doou tron de l'air.

    Lou counciergi surtout cridavo,

    Oouria dit que si disputavo

    Emé couléro, et qué sa vouas

    Si mesclavo à dé mots patouas.

    En effet, prestéri l'oourio

Et lou moument d'après mi créséri à Marsio.

    — Coumo, disien, oouria lou front

    De nous faïré un tant gros affront;

    Tira vous d'aqui, caguo' à ragi,

    Là cinq jours qué sian en vouyagi,

    Venen doou boulevard du Muy.

    Aven près un coou d'air à l'uei,

    Aven touto l'esquino routo,

Puis après avé fa doux cents léguos de routo,

    Serian arribado à Paris,

    Per veïré un enfant d'oou pays,

Et si retornarian coumo sérian vengudo

    Aquo si, sérié une begudo!

    Anen, espeço de cooutaou,

    Mounté ès lou maistré de l'oustaou

    Qué li parlen — C'est impossible,

    Je suis sourd, je suis inflexible,

    Disié lou counciergi — Ah! sies sourd

    Eh ben! caduno à nouestré tour

    T'anan destapa leïs oourio.

(En criant très-fort).

    Sian vengudo exprès de Marsio

    Per veïré nouestré ami Chichois.

Nous an dit questou souar assageavoun sa vouas.

    Si renden eïci per l'entendré,

    Espèri qué si fen coumprendré?

—Monsieur Chichois répète, il ne vous connaît pas.

    Ainsi, retournez sur vos pas,

—Rétournez sur vos pas; aqueou si qué m'amuso!

    Maï a bello prendré d'excuso

    Fourra ben qu'intren vo se noun,

    A coou dé ped, à coou de poun

Và roumpren tout. Vouïé nous refusa la pouarto,

    Aquélo sérié un paou troou fouarto!

Enca' un coou, laïssa nous passa

Vo ben v'ana faïré estrassa,

Marri portier de tanto-Pino.

Voulé saoupré moun noum? siou misé Séraphino,

La tanto de Babeou Pecout,

Siou couneïssudo dé prétout.

Deï braveïs gens, siou respétado.

Doou Cous Sant-Loueïs à la Borgado

Mi pouartoun en paoumé dé man;

Pourriou, doou souar oou lendéman

V'en douna cent cinquanto provo.

Restan despui vingt ans à la carriero Novo ;

La frumo quès aqui li dien misé Langlois,

Es la parento de Chichois.

A sa ruissito s'interesso.

Lou cousin german dé sa neço,

Avié espousa sa bello-sur :

Leïs amis soun jamaï dé tur.

Laïssa nous passa, vieï arléri.

— Men fougué pas maï ; coumprengueri

Que leï douis frumos que venien

Mi veïré à la répetitien,

Eroun d'ancienneï counouissenço

Et qu'en paraeïssen ma présenço

Arrengearié tout. Feri un pas
Et mi trouberi nas à nas
Jus eme misé Séraphino,
Qu'accoumpaïnavo ma cousino.

III.

Eïci vous laïssi à pensa
Tout ce que si duguè passa ;
Leïs estrambos qué mi faguéroun,
Et puis tout cé qué mi diguéroun.....
Creïdavoun coumo dè védeou,
Chichois, moun fiou! moun bouen! moun beou!
T'en souvènes quand à Marsio
Mettiés touti leï ga'en pooutio?
Quand dounavés de datti eïs tur?
Passavès de pretout per un preturbatur.
Maougra aquo disien à Jiromé
Chichois si formara, marrid enfan bouen hommé.
Mi troumpavi pa'aqui dessu.
As ruissi, siès un gros moussu.

La boueno saru, siou countento
Coumo saviou gagna dex mille escus dé rento.
Aro sé vouès sachu per que sian à Paris,
Ti diraï qu'un ancien Marquis,
Qu'avié couneïssu ma famio,
La maï de soixante ans, quand restavi à Marsio,
Doou tem de la Revoulutien,
Per acquita'un servici encien!
N'a laïssa un pichoum heïrétagi.
Alor aven risqua lou viagi
Et puis si sian dich'en parten,
Veïren Chichois en mumé tem.
Ti fa pas peino oou men, Canari?
— Li diguéri quéro oou countrari.
Que mi fasié fouesso plaisi;
Regrettant qu'aguessoun choousi
Un moumen tant paou favourablé,
Ajusteri d'un air aimablé,
Que leïs anariou veïré et que li dounariou
Un biét doublé deïs miou,
Per mi veïré jugua lou lendéman oou Thiatré
Mounté senso poussa, ni maï senso si battré,
Serien plaçado oou promier rang.
Si poussédavoun plus, mi toucavoun la man,

Très vo quatrè coou m'embràsseroun,
Et pleinos de joyo sorteroun ,
Tout en mi souhaitàn millo bénéditien.

IV.

Un coou que la répétitien
Sigué de tout point accabado
Anéri féni la soirado,
En estudian din moun chambroun,
Oou Counservatoiro. Aviou proun
A ce qué mi disien leï qualitas coumplèttos,
Per m'en tira leï brayo nettos,
Maï quand pensavi qué foulié
Remplaça su d'un thiatre un atour capourié,
Qu'un an avan fasié l'empéri !
Quand mi souveniou de ce qu'éri
Avant d'estré arriba'à Paris,
Mounté tant dé jugis requis
Vous tiroun vouestro boueno ou marrido fortuno
Mi disiou : paoure enfant, vouyagès din la luno.
Fourrié un aoutré talen que tu
Per pousqué trioumpha. Risquès d'estré battu

De touti leï façoun; es uno rudo affaïre !

Tamben, la nué dorméri gaïré.

Quoouqu'aren mi disié pourras jamaï ruissi,

Quand sarravi leï ueïs mi semblavo d'aoousi

Trento millo siblets dïns meïs paoureïs oourios

Que mettien ma testo en dourios.

Puis, dé cris que fasien veni lou regissour

Per li demanda que l'atour

Que juguavo Bertram, anesse fa de gabi,

Quero'un gaffur, et puis que sabi,

Cent-cinquante humiliatiens

En formo d'interpellatiens.

Aviou leï treïs susour et quaouqu'aren de piré,

Maï m'avien afficha, poudiou plus men dédiré.

Foulié'ana de l'avan : enfin l'houro vengué,

Mi prépareroun moun paqué,

Leï coulèguos m'accoumpaïneroun,

N'agué quatré qué m'abieróun.

L'un mi mettié leï bas émé lou pantaloun,

Un aoutré, émé un troué dé carboun,

Mi maquavo leïs ueïs, dessouto leï parpellos.

Aprés mavé curbi d'un manteou plen d'estellos,

Mi poouseroun l'espaso, et puis, souto lou nas,

M'empégueroun de haout en bas

Per mi douna l'air un paou crano,

Un moustachou long d'uno cano

Emé uno barbo de ménoun.

Leï cambo 'envirooutado'oou mouyen d'un galoun,

Lusen à vous leva la visto,

De meïs ajustamen coumpletterount la listo.

Fasiou l'effet d'estré planta

Su douis carroto de taba.

Lou tout, mounta d'uno parruquo

Qué mi toumbavo sus la nuquo.

Que vous diraï, per un demoun

Eri fouesso boueno façoun.

Maï, ero pas lou tout, foulié qué lou rámagi

S'accordessé émé lou plumagi.

Senso aquo, ben vo maou vesti,

En propré termé, eri resti.

Quand sigueri tout lès, meï mious cambarados

Mi vegeroun qu'aouqueï rasados

Per m'assouera un paou miès loù couar

D'un vin quoourié reviouda un mouar,

Et passeri dins la coulisso.

Couragi, Chichois ! anen, isso,

Mi creïdavoun de tout cousta :

Gardo-ti de t'esprouventa

15

Quand vas pareïssé su leï plancho,
As toun affaïré din la mancho
Et ruissiras doou premier coou,
Siégués tranquillé, aguès pas poou,
Ten ti drét, paouso ben la testo,
Lanço toun avouas, per lou resto
Oouras dexo-noou points su ving.

V.

Quan oouseri leï tiro-vin,
Qu'accoumençavoun l'ouverturo,
Senteri uno tremoueladuro
De la cabocho jusqueï pè.
Dreïsseroun lou rideou.. intreri... qunto aspè !..,.
De d'haou jusqu'à d'abas la sallo ero remplido,
Partout leï logeo' eroun cafido ;
Leïs ueis de treï millo amo eroun fissa su iou.
Mi semblo encaro qué va viou....
Cadun si tenié su la pisto,
Leï lunettos, leï porto-visto
Pouinta ver iou directamen,
Mi quittavoun pas d'un moumen ;

Lou ventré mi baroulegeavo,

Moussu Duprez m'encourageavo;

Es eou quero Robert; moougra soun attentien,

Leï vermicheli mi bouïen....

Per bouenhur en aquello sceno

L'avie' enca ren per iou; counten d'aquelo ooubeno,

Aviou lou tem de m'asouera,

Maï poudiou pas fouesso espera;

Car à peino Robert venie dé quitta Aliço,

Que per lou segoun coou laïsseri la coulisso

Et digueri émé ferméta

Tout lou récitatif, justé coumo es nouta;

Dugun applooudissé, maï à l'air de la sallo

Et surtout de certaino estallo,

Mounté l'avié un fouar musicien,

Coumprengueri doou coou qu'aviou fa senssatien.

Eïço m'encouragé, canteri meï répliquo

Coumo un particulier ferra su la musiquo,

Jusqu'à la fin dé l'até et senso m'embrounqua :

Décidamen aviou tanqua....

Foulié plus qu'un mouceou mounté pousquessi estendre

Meï mouyens, pui un paou descendre

Sur certainos notos de choix

Qué faguessoun bria ma vouas.

La scèno émé Rimbaou mi vengué douna ajudo;

Aquito aviou ges d'inquiétudo,

Sabiou qu'esten un paou adré,

Atroubariou maï d'un endré

En vouas de peitrino, en vouas misto,

Per mi pooussa coumo un artisto.

Tout arribé coumo aviou di,

Lou grand duo sigué'applooudi

D'uno manièro généralo

A faïré crenia la sallo.....

Lou *Solo* qu'és pas lun, que dooumino lou chur,

Fa per la vouas de Levassur,

M'ané coumo un gant, lou diguéri

Emé ispiratien..... ooutenguéri

Fouesso *bravos* deïs oouditours,

Senso counta qué leïs ooutours

Qu'eroun applaça su lou thiâtré,

M'applooudisseroun coumo quatré;

Cependan aco'ero enca ren,

Anavian veni eï bouyen.

Leï diablé avien feni sa plugo,

Vesia plus la mendro beluguo,

Touti leï lau avien cessa,

L'esprit de vin s'ero amoussa.

Sorteri en branlegeant doou found de la caverno
Coumo un hommé empégua souarté d'uno taverno.
  Esprimeri ce qu'aviou vis
Et qu'un moumen avan avié fa gita' un cris
   A la jouino Aliço. Esfrayado,
   Dins soun troublé s'ero arrapado
   A n'uno grosso et longuo crous...
   A forço de li parla doux
   S'avancé de iou, li canteri
Sus d'un toun tant manéou qué l'insorcélégéri;
Puis, li féri counouïssé enfin meïs intentiens
   En li disen : *tu m'appartiens...*
A n'aqueou mot lança sus d'un *ré* dé peitrino,
Aliço toumbé'oou soou coumo uno cardalino.
Sabi pas sé ma vouas, moun gès et moun aspè
S'accorderoun ensen, maï senso estré suspè
   Pouédi diré qu'applooudisséroun
   Maï qu'oouparavant; rédoubléroun
   Mumé un coou dé maï, et portant
S'en préparavo oou men cinq ou siéi coou ooutant
   Dins la phraso qué ven ensuito
   Et qué sigué' assez ben counduito
   Jusqu'oou *mi bémolé* d'en bas.
Va sabè miés qué iou, es aquito lou cas

De bria quand sia basso-taïo,

Per la raisoun qué la peïssaïo

Quespéro aquello noto et qu'apploudirié pa

Se l'on la poudié pa' encapa,

Creï qué sia lou proumié cantaïré de la Franço

Quand la fè péta ém'assuranço.

Prévengu sus d'aco d'après cé qu'aviou vis

A Marsio coumo à Paris,

Per assugura moun affaïré

Préparéri dé lun l'effet qué vouliou faïré,

Dounéri franquament lou *si bémol*, lou *la*;

Un coou arriba sus lou *fa*

Estendéri lou souen, larguéri la mésuro

Et d'uno vouas fouarto et séguro

Toumbéri sus lou *mi* préfoun

Qué sorté dé moun piés coumo un coou dé canoun.

Eici mi senti pas dé rendré

Ni maï dé vous faïré coumprendré

Leïs cris d'admiratien, leïs apploudissamen,

La joyo, leï trépinamen

Doou public tout entier, quand la noto citado

Parté per prendré sa vouélado.....

Jamaï avè ren vis dé taou,

Lou thiatré en un moumen, de d'abas jusqu'ad'haou,

Sigué bouliversa coumo per la tempesto,

Lei bravé Marsiés surtout èroun en festo ;

N'en vésiou qu'oouqueïs uns qu'applooudissien dé couar

  Et qué créïdavoun fouesso fouar ;

Tandis qu'à cousta d'éli, à la logeo vésino,

Ma cousino Babeou et misè Séraphino

  Fasien leï cent dexo-noou coou ;

  Tantôt si vioutavoun oou soou,

Tantôt fouero la logeo et leï mans sus la testo,

De touti leï façoun prènien part à la festo ,

  Retoumbavoun sus seï fooutueis

  Mourento émé leï larmo eïs ueis ;

Pui parlavoun eï gens quéroun à l'amphithiâtré ,

  Fasien millo gès vers lou thiâtré

En créïdan : Aï Chichois, aï moun fiou, qué siès beou !

  Quuntou talen! quuntou borneou !

  Va foou entendré per va creïré ;

  Tout Marsio va voudra veïré

  Quand va diren en arriban ;

  Espéro, ti voou battré un ban :

  Vun, dous', très. — *Silence, à la porte.*

  Voyons, taisez-vous ou qu'on sorte....

  — *Qu'on sorto !* aqueleï mourré touars....

Sortiren pas, bougré dé pouars....

Tout lou moundé a lou dret d'ana' à la coumédio ;

Li restaren, sian de Marsio.

Chichois ès un enfant doou Cous,

A la vouas, lou gès et lou gous,

Et prouclamarian pas de pariereïs counquetos.

— Se foou tout dire eïci, creigniou que leï *couquettos*

Et leï casaquin *ramounir*

Faguessoun quo'oouqué gros malhur....

Dous Marsiés leï resounéroun

Hounestamen et si taïseroun.

Quant a iou, à parti de l'endré doou trio,

Oouseri plus qu'un long *bravo*.

La bello invoucatien deï nonos

Accoumpagnado deï troumbonos,

Mi poousé per lou chant noblé et majestuous ;

Et quand agueri dit : *Moi, damné comme vous*,

Cadun applooudissé pendènt plusiurs minuito.

L'air d'oou cinquiéme até et la suito

Qués dins lou grand trio, coumplété moun succès :

Décidamen aviou ben gagna moun proucès.

Mi rappeleroun sus la sceno

Quand tout sigué féni, per mi faïré uno scèno

Que semblavo à n'uno oouvatien.

Pertout ero un sabba de la mareditien.

Eï proumiéro, oou parterro, eï logeos deï troisiemos,

    A l'amphithiâtré deï quatriemos,

Jusquo dins l'escalier oouria oousi qu'uno vouas

      Qué creïdavo : bravo Chichois ! ! !

      Alor senteri ma peïtrino

      Qué si déluougé, moun esquino

      Quéro carguado d'un gros pés,

      Dins un moumen n'agué plus gés.

      Eri soouva !... Leï cambarados

Qu'avien vis ben souven de semblableï souarados

Mi diguéroun qu'aviou parfaitamen ruissi,

      Et de plus mi mettré en souci

      Dorenavan, per meïs esprovos,

      Car aviou douna millo provos

      D'art et de gous en mumé tem.

      Leïs ooutours pareissien counten ;

      Dins ma logeo m'accoumpaïneroun,

Mi touqueroun la man et mi féliciteroun

      Sinceramen eme affectien.

      Lou diretour, plen d'attentien,

      Mi vengué faïré uno vesito,

      Entoura de touto sa suito,

      Contouroulour et régissours,

      Secretari, administratours.

Coumprenè ben qué ma cousino
Baheou et misè Séraphino,
Touteï douès, aourien pa'ooublida
Dé mi veni coumplimenta.
Un garçoun li digué qué mi désabihavoun,
Et qu'alor, en despié deï raisoun qué dounavoun,
Poudien pas veïré un hommé nus.
— Ses qu'aqu'o, moun enfant, avè pas piqua jus,
Respounderoun : Saben coumo soun fa leïs hommés :
Avian espousa douïs prud'hommés
(Diou leïs agué réçu), iou et misé Babeou,
Qué si poudié ren veïré oou dèssus de pus beou !
Oourien pas passa' aquelo pouarto,
Leïs pus beïs hoummenas de la carrièro Touarto.
— Enfin intreroun ; savia vis
Leï démoustratien et leï cris,
Leïs exclamatien qué giteroun,
Poudè creïré qué s'espurguéroun.
'Leï Parisiens avien jamaï ren vis de taou.
Pus tard cadun vougué m'accoumpagna à l'oustaou,
C'est-à-diré oou Counservatoiro,
Coumo un grand généraou après d'uno Vitoiro !
Vaqui l'exato rèlatien
De ma promiero apparitien

En qualita de Basso-taïo.

Aro s'aï gagna la bataïo,

Va diou parcéqué més dégu.

Aqueleï qué man soustengu

Agissien emé indépendenço.

Senso intérès ni coumplaisenço

Lòu jour de moun début reçuberi un bïet

Signa per un noumà Furet,

Lou chef d'aqueleï gens qué venoun oou parterro

Lou souar per desclara la guerro,

Vo per faïré festo eïs atour.

Aqueou faribustié mi disié qué toujour,

Despuis qué lou Thiatré existavo,

Chasque débutan li dounavo

Dé cartos vo d'argent per si faïré applooudi.

Pensa ben, moussu Bénédit,

Qué l'aï rémouchina de la bouono manièro;

Vous lou garçavi à la carrièro,

Sé si siguessé présenta.

Quoiqué ben lun dé vous aviou pa'enca ooublida

Vouestreïs istrutien de Marsio

Sus leï talen de pacoutio

Et surtout sus leï charlatans;

Mespreseri l'appui d'aqueleï mooufatans.

Vouliou sachu sé senso ajudo,

Ma vouas, moun gès, moun attitudo

Serien acceta doou publi,

Et se mi pourriou establi

Définitivamen coumo un artiste hoounesté.

Mi digueri : foou pas que lou douté mi resté.

Sé canti ben m'applooudiran,

Sé canti maou mi siblaran.

Et quand leïs ooupousan serien cinquanto millo,

Ma counscienço sera tranquillo...

Aro va véni leï journaou

Qu'an jamaï fa dé ben et que fan tant dé maou,

Aquéleï journaou dé bricolo

Qué vous contoun un tas dé colo

Et qué vous fan rançouna'après;

An d'élogis fa tout exprès,

Qu'applicoun à l'hasard senso ooucuno vergouigno.

Ah ! foou veïré aquelo besougno !

Sé vabouna, sia lou promié,

Quand mumé oouria din lou goousié

Leï gats dé touti leï gōrguièros.

Vous flattount dé millo maniéros,

Vous dien qu'avè uno bello vouas,

Fouesso gous, un talen de choix;

Qué sia' un coumédien d'importanço....

Maï sé réfusa la quittanço,

Sia, d'après d'aqueleï bachins,

Pas mumé bouen à douna eï chins,

Moougra tout lou talen qué pousqué faïré veïré,

  Vous espooutissoun coumo veïré....

  Et puis dien qu'aco' es un mestié !

  Per iou, es uno mangearié,

Un coummerço de gus qué, per faïré ressourço,

Vous venoun demanda la vido vo la bourso ;

Tamben oouran jamaï un soou de moun argen.

Maï per leïs escrivan hoounesté, intelligen,

  Qu'en recounouissen vouestro scienço,

Vous dien vouestreï défaou émé touto counscienço,

Aqueli leïs estimi et leïs escoutaraï ;

  Sus seï counseou mi réglaraï ;

Car lou mouyen segu d'estré un jour un artisto

  De valour soulido et requisto,

  Et de pousqué bria à Paris,

  Es de suivré leïs bouens avis.

  En douès mots vaqui moun affaïré,

  Va m'avé dit, va vouéli faïré,

  Oousservaraï vouestro liçoun

Et seraï jusqu'oou bout un hoounesté garçoun.

CHICHOIS OOU CLUB

CHICHOIS OOU CLUB

SOMMAIRE

Chichois est appelé par un de ses amis dans une ville de province, où on veut le consulter sur un point délicat. — Chichois demande un congé au directeur de l'Opéra, il l'obtient et part immédiatement pour se rendre auprès de son ami. — Après avoir éclairé la question soumise à son jugement, il se dispose à partir, lorsqu'il est retenu pour donner quelques représentations sur le théâtre de la ville où il est arrivé la veille. — Chichois joue Bertram et Marcel avec grand succès, le lendemain on le conduit au club où doit avoir lieu une réunion électorale. Chichois prend la parole, donne d'excellents conseils aux votants, raconte une élection où figurent deux candidats d'opinions différentes et finit par quitter l'assemblée avec l'estime de tous.

CHICHOIS a G. BÉNÉDIT

I.

Soourès qué v'hui ren manquo à moun élévatien,

  Canti en réprésentatien.

Veïci a qu prépaou. La semano passado

  Reçubi une lettro timbrado

D'uno villo à cent leguo' à poou près de Paris.

Un ami qu'ès d'aqueou pays

M'escrivié dé véni per uno gravo affaïré,

Avié besoun de iou. Que faïré ?

Eri pas libré dé moun tem,

Car, d'après moun engageamen,

Foulié qu'à l'Ooupéra, juguessi

Quasi toueï leï douis jour, et qu'ensin remplissessi

Rigourousamen moun dévé.

Per parti s'agissié d'avé

Uno permissien moutivado

Sus touti leï pouins et signado

Per moun hoounesté diretour.

Li parleri lou mume jour.

En quoouqueï mot, senso mystéri,

Li diguéri tout, et viguéri

Quéro pas lun de m'accorda

Cé qué li véniou démanda

Se moun coungié duravo oou maï uno semano.

Respoundéri qu'aquitto oourian gès dé chicano,

Et qu'avan hiué jour, tout lou maï,

Vendriou reprendré moun travaï.

. . . .

. . . .

II.

Partèri prountamen, et din dex houro à péno,
La vapour, qu'ooujourd'hui fa dé leguo à dougéno,
    M'agué rendu mounté vouliou.
    Oou beou moumen qué descendiou
Doou septiémé vagoun, moun ami qu'espéravo
    A l'hasard et qué choouriavo,
D'un bound mi saouté' oou couelé et mi sarré la man.
Avié coumpta su iou qué per lou lendeman....
Poudié plus reveni de moun exatitudo.
    Li digueri : aï pas l'habitudo
    Dé faïré impatienta' un ami.
Maï pusqué 'siou chez tu, viguen, despacho-ti,
    Apprend mi cé qué mi voues diré,
    Foou-ti ploura vo foou-ti riré ?
    Dé qué s'agissé ? anen faï leou.
Alor, moun ami Boui mi demandé counseou
    Sus d'uno affaïré délicado :
    Li féri part dé ma pensado,
    M'esprimé soun remerciamen,
Et tout aquo sigué féni sus lou moumen.

—Ah ça'aro ès pas lou tout, mi digué Boui, couleguo,

    Oouras pas fa maï de cent leguo

    Per t'en ana lou mumé jour,

    Escouto-mi, voou coupa cour :

    S'agissè dé ti faïré entendré

    Oou thiatré dijoou vo divendré,

    Dins *Robert* vo *leïs Héganaou.*

Nouestré Grand Ooupéra, Chichois, va pas troou maou,

    Lou ténor a bouenó méthodo,

    Lou barytoun es à la modo,

    Leï douès cantuso an un bouen piés,

    Ti sécoundaran dé soun miés.

Ênsin es arresta, moun fiou, laïsso mi faïré

    Ti voou arrangea aquelo affaïré

    Soulidamen, à n'un bouen près,

    Per lou miés de teïs intérès.

Vouguéri répliqua, Boui mi fermé la bouco

    Coumo sé l'avié mé' uno blouco.

    Mi renderi.... et douis jour pus tard

    Su lou thiatré préniou ma part

    A n'uno soïrado brianto !

De courounno et bouquets m'en jitéroun quaranto;

    Oou troisiéme até de *Robert*

    Aguéri un trioumphé d'infer.

Puis, lou·surlendéman pluguéri moun bagagi
L'avié dédins la villo un réviro-meïnagi !
Tout, d'un bout jusqu'à l'aoutré ero en révoulutien,
    Préparavoun leïs électien.
Boui vengué m'averti dé cé qué si passavo,
Mi digué qué lou souar oou club si propousavo,
    Dé mi présenta à seïs amis
    Qué sérien touti réunis.
Respoundéri, moun cher, sabès que la musiquo
S'accouardo pas troou ben émé la politiquo,
    Que diantré voués faïré de iou ?
    — Ah vaï ! vené toujours ti diou.
— L'anaraï, maï oou men, moun cher, dins l'assemblado
    Faguès pas quoouquo couyounado,
    As toujour agu lou défaou,
    Pitoué, d'estré fouesso troou caou ;
    Hurousamen que ti counouissi,
    As bouen found et rendès servici
    Emé désintéressament.
    Es égaou, ti tendraï damen.

III.

Eïci foou que va digui émé touto franchiso :
Blooudo, faquino, habit et mancho de camiso,
    Mi venguéroun félicita.
En mi sarran la man émé fraternita.
Cependant, ce qu'aviou redouta m'arribavo,
    De tems en tems oousiou de cavo
Qu'éroun pas de recetto. Oou lué dé respéta
      Lou principi d'ooutourita,
      Et de jura de lou défendré,
      N'avié que voulien ren entendré :
      Ensen, d'uno coumuno vouas
      Creïdéroun : Citouyen Chichois
      Fé nous péta la *Marsiéso*
      Per la socialo francéso ! !...
Messiés, accouarda mi un moumen d'attentien,
Répliquéri : eïço mérito oouservatien,
      Ooutan que vous aïmi la Franço
      Maï dins aquesto circoustanço
      Voulés gés de piloto à bord,
      Sus d'aqueou point sian pas d'accord ;

Cantaraï se voulè su de noto assurado

La Marsiéso deïs armados,

Maï pa' aquélo deï toumbareou,

Aï reçu de troou bouen counseou,

Per ooublida la drècho lino.

Arago, Pagès, Lamartino,

Soun meïs hommès. Dex coou déjà

M'an fa l'hounour de m'invita

Per l'ana faïré de musiquo.

Aqui si parlo républiquo....

Maï, coumo leï hoounesteï gens

En hommé probé, intelligens,

Senso animousita, ni maï senso vioulénço,

Emé raisoun, émé prudénço.

Eh ben ! aco' es moun ooupinien.

De tout tem l'exagératien

Et la liberta senso entravo

An gasta leï pus beleï cavo ;

Quoiqu'aco mesprési dégun,

Respéti lou dret de cadun ;

Dins touti leï partis la dé marrideï testo,

A cousta de la classo hounesto.

A tout abus faou soun proucès,

Ce qué coundani es l'excès.

IV.

Diou pas qué leï socialistos

Soun touti dé gus, dé voulur :

Vaï jamaï pensa. Per malhur,

Leï gens dé vertu paou requisto,

Leï quèqous, leï féna senso ooucuno esclusien,

An touti aquelo ooupinien.

Es pa' agréablé, n'en counveni,

Maï es ensin, et coumo tenï

A vous prouva cé qué vous diou,

De moun raisounamen suivès un paou loù fio.

Quand aquéleï Messiés parloun dé nouma' un membre,

Siégué en Avous, siégué en Décembré,

Per la Chambro deï députas

Crèsé qué van choousi leïs hommés réputas,

Per estré intelligént, tranquillés,

Pas tant *taroun*. Coumo un deï plus habilés,

Lou Présiden doou club vo dé la réunien

Adreïsso uno interpelatien,

Oou citouyen qu'a la pensado,

D'ana s'assétà à l'Assemblado

Qué siégeo tout l'an à Paris,

Per réprésenta lou pays,

Et li dit : Qué soun vouestreï titrés ?

Eïci sia davan leïs arbitrés

Qué van jugea doou promier coou,

Sé sèrès l'hommé qué noun foou.

Recuiè vouestré esprit, agissè dé maniéro,

Qué vouestr' ooupinien tout' entïero

Ressouarté dé vouestré discours

Dins dé paraoulo qu'agoun cours.

Boumpard, sia lou promiè, parla - *Méssiés* - varresti.

Avant d'ana pus lun permettè qué proutesti

Contro l'espressien dé *Méssiés*,

Lou mot dé *citouyen* voou miés.

La plus gés dé Méssiés souto la Républiquo ;

Pas mens — chutè pas dé répliquo.

Fè vouestro *proufessien dé fé.*

— Eh ben, per la promièro fé

Qué mi présenti oou suffragi

Dé meï councitouyens, soourès qu'en hommé sagi

Mi siou dé tout tem coumporta.

Aïmi gaïré dé mi flatta,

Maï leï circoustanço soun gravos

Alors foou qu'expliqui leï cavos.

Despui vingt ans senso répaou,

Aï travaïa coumo un esclaou

Per pousqué nourri ma famio,

Aï quatré pitoué' émé' no flo

Qué travaïoun ooutant qué iou.

Véni d'entraïna moun beou fiou,

Emé l'argen qu'aï mes dé caïré

A forço de tira l'araïré.

Lou cabaret m'a jamaï vis,

N'aïmi ni lou bru ni leï cris.

Dé duouté n'aï gés. Poou m'impouarto

Qué mi vengoun piqùa la pouarto,

Sabi qués per ren dé marrid.

Dé maï, sens' estré hommé d'esprit,

Sabi légi, sabi escriouré,

Chiffri ben, aï après à viouré

En oouservan lou moundé istrui.

Dieu quaï pas troou marri coou d'uei

Per counouissè un' actien hoounesto.

Aï jamaï fa dé coou dé testo.

Siou un hommé dé précooutiens,

Détesti leï révoulutiens.

Selon iou foou qué tout si fagué

Paou à paou per què cadun agué

Souen dret émé sa liberta.

Quand oou fait dé l'égalita,

Crési qu'és uno tarounado.

Un moumen.... Veïci ma pensado :

Leïs hommés duvoun estré égaou ,

Quand soun davan leï tribunaou,

Per si plaigné d'un préjudici,

Et per si fa faïré justici.

Foou qué siégount ni maï ni men

Trata touti égalamen,

Senso distintien de fortuno.

L'a pa' a diré, es la leï coumuno.

Qué pouarté habit vo coupo-cuou,

Dins lou moundé tout hommé duou

Estré toujour per soun semblablé,

Bouen, génerous, hoounesté, affablé.

Maï passa' aquo, foou discerna

L'hommé instrui dé l'hommé borna,

L'éruditien dé l'ignourenço,

Lou B, A, BA d'émé la scienço.

Coumo ! aqueou qu'émé soun esprit

Produisé quoouqué bel escrit,

Sérié jugea' oou mumé calibré

Qu'aqueou qué l'imprimo soun libré.

Vouria faïré doou mumé pas
Camina la testo et lou bras?
L'inventien émé la man d'obro ?
L'architeto émé lou manobro ?
L'intelligen et lou fada?
Lou généraou et lou sorda ?
Lou moussi émè lou capitani ?
Quand a iou sousteni qué nani,
Et diou qu'aquito émé raisoun,
L'ègalita' es pa dé saisoun,
Qué lou pus esclara coumandé.
Ensin foou qué la Franço mandé
Dé touti seïs départamen,
D'hommé rassi, dé jugeamen,
Et laïssé leïs estraïo-braso
Qué vouéloun faïré taoulo raso
Dé l'univer entier. Portant,
Lou posto de réprésentant
Es accessible à touto classo.
D'oourigino haouto vo basso,
En si metten souto, cadun
Siégué dé prochi vo dé lun,
Poou arriba à la capitalo,
Se soun inclinatien es talo.

Citoun maï d'un couscrit dévengu généraou,

 Un moussi poou estré armiraou,

 Maï après fouesso expérienço.

 Leïs hommés d'aquelo sémenço

 Creïssoun pas coumo dé pignen;

 Foou gouverna' émé lou talen,

 Senso aquo l'a qué boulabaïsso.

 Après avé essuga vingt raïsso

 Et penden long-tem bordégea,

S'abord d'un bastimen dugun soou navégua

 Lou pilo prend l'estang de Berro

 Per lou destré dé Gibrarta

 Et vous jito la barquo en terro.

V.

 Cependan plaisenti tout jus,

 Quand foou destruiré leïs abus,

 Leï fénian et leïs acabaïrés,

 Emé iou fan maou seïs affaïrés,

 Surtout quand vous vènoun canta

 Qu'aqueli qu'an dé proupriéta

Soun dé voulurs, qué la famio
Despui long-tem tombo en dourio,
Et cinquanto aoutreïs masquariés.
Siou ennemi deïs mangeariés.
L'on duou empacha qu'espélissoun;
Quand leï vien, foou qué leï punissoun
Senso embregua la souciéta.
Et puis, coumo la carita
Es escricho dins l'Évangilo,
Cresi ques uno cavo ooutant justo qu'utilo
D'ana' oou davan deïs malhurous
Qu'ant besoun d'appui, de seẻous;
Oou lué dé li brama' à l'oourio :
Qué duvoun tout mettré en pooutio;
Qué soun souverain, qué soun reï;
Qué soun oou dessus de la leï;
Qué pouedoun gouverná la Franço.
Parla' ensin es extravagaṇço.
L'hommé' arribo per soun travaï;
Ajudo-ti, t'ajudaraï.
Diou va dit. Maï s'avè la cagno,
Sé poudè pas sorti d'uno presoun de sagno,
Sé parcequé sia citouyens,
Voulè gés prendré dé mouyens

Per camina dessus leï traços

D'aqueleï qu'ooucupoun leï plaços,

Resta dins vouestro proufessien,

Senso ooucuno réclamatien.

Leïs hommés soun pariés; es jamaï la naïssenço,

Es lóu talen soulé qué fa la différenço.

Sus cinquanto patrouns qué soun riché' ooujord'hui,

N'a leï treis quart qué, senso appui,

An feni per mounta la pouncho.

La qué leï carelos maou vouncho

Qué resquioun pas roundamen;

Qu voou arriba prountamen,

D'un bouen pas duou camina vité.

A cadun selon soun mérité.

Leï savents fan pas dé soulié;

Qué lou groulié resté groulié,

S'a pas la scienço nécessari

Per estré quoouqu'un dins l'État.

Et qué tout orguious, couesto-oou long, abeta,

Dansé davan l'armari.

Vaï escri, va repetaraï

Souar et matin tant qué viouraï :

Tout per la liberta, tout per l'intelligenço,

Boumpard va dit coumo va penso.

VI.

Aqueou discours fa pas seïs frès.

Alors lou Présiden, d'un gès,

Fa signé, en piquan sus la taoulo,

Qué si va douna la paraoulo.

Tant fa, tant ba. Lou Présiden

S'adreïsso à l'oouratour, et li dit : Citouyen,

Coumprénè maou la Républiquo,

S'eria' oou fait de la politiquo,

Soourria qué sia fouesso arriera.

Despui très mès tout a vira;

Ce quéro blur es vengu rougé;

Qué filo dret foou pas qué pougé.

Oou pouin mounté n'en sian duou plus estré questien

Dé tant dé tergiversatien.

Foou camina lou ven en poupo;

Qué voou mangea sa part de soupo

Duou garça' oou soou qu lès davan.

S'eria vengu treis mès avan,

En parlan oouria fa fortuno;

Aro vouyagea dins la luno,

Et coumo pouedi pas restà

Très quart d'houro à vous countresta,

Un aoutré candidat va véni sus l'estrado

Per fa counouissé sa pensado.

Citouyen *Magaou*, avança

Et digua, senso vous pressa,

Qu'ès vouestro maniéro de veïré ?

VII.

Citouyens, s'es permès dé creïré

Qué sian touteï libré ooujord'hui,

Foou avé bouen pet et bouen uei,

Anfin qué leïs aristocratos

Couyounoun pas leï democratos.

Estimi paou leï précooutien,

Hoounesteta, mouderatien,

Tout aquo soun de couyounado :

Souven uno boueno espooussado

Voou miès qu'un bouen arrangeamen.
Que selon soun temperamen,
Siégué cacho-fué vo buluguo,
Cadun eïci fagué sa plugo.
Sian en liberta vouei vo noun ?
Sé li sian, foou d'un soulé boun
Encamba cent cinquanto léguos.
Va demandi à meï couléguos,
Mounté sérié la liberta,
Se dé countuni eri ooubligea
De faïré coumo tout lou moundé ?
Qué va voou ensin qué s'escoundé.
Emé la liberta, l'on poou
Camina émé leï brayo'oou soou,
Lou fran diou doou jour per carriero,
Si vesti de touto maniero,
Si destapa, darrié, davan,
Moustra soun cuou su d'un envan,
Si viouta, faïré la radasso,
Pissa sus lou moundé qué passo,
Senso qu'oouqu'un municipaou
Pousqué vous diré que fè' à d'haou ?
Per iou qu'aïmi aquelo methodo,
Désiri que vengué à la modo,

Car foou parla franc : cé qu'aven
Es pa' uno répubuquo, es un gouvernamen.

Quant à l'istrutien me n'en fouti;
Leï savens leïs enmerdi touti;
D'aïur lou ministré va dit.
Lou sabè, la scienço, l'esprit
Soun qualitas poou recercado
Chez leï membrés d'uno assemblado.
Per décrèt, leïs aïs cabaniés
De darriè passount leïs promiers,
Selon la leï de l'Évangilo.
Via que quand serien cinq cent millo,
Dugun mi poou ravi moun dret,
Aï estudia qu'oou cabaret;
Es aqui quaï aprés à viouré.
Sabi ni lègi ni escriouré,
Leï chiffros m'en touarqui lou cuou,
Siou vingt coou pu testar qu'un muou;
Quand aï qu'oouqu'aren dins la testo
Per va sousténi ren m'arresto.
Ténè : quand eri oou régimen
Si passavo pas dé moumen

Qué quand lou liutenen, vo ben lou capitani,

Mi disié : vène eïci, li respoundéssi : nani,

    Et qu'en répliquan à la fin,

    Mi faguessi garça oou couffin.

    A la caserno, à la révisto,

    Mi mettien toujour sus la listo

    Per avé dit qué lou sorda

    Avié lou dret dé coumanda

    L'ooufficier qué lou coumandavo,

    E qué fouar souven l'embetavo.

    Vaqui la routo qu'aï suivi;

    Su siéis ans l'oou maï qu'aï servi,

N'en duvi avé cinq dé salo dé pouliço.

    Va creïdariou sus la tooulisso

    Sé dégun mi voulié escouta :

    Via quaï coumprès l'égalita.

    Sé mi nouma pa' à l'Assemblado,

    Qu représentara l'armado ?

    Mi dirè : l'a dé généraou....

    En Républiquo, sé qu'ès d'haou

    Ven dabas, aquo' es la coustumo;

    Tandis qu'alor, coumo l'escumo,

    Cé qu'ès dessouto ven dessus.

    L'a troou longtem qué leï moussus,

Généraous, borgeois, plaïdégaïré,

Si prouménoun senso ren faïré.

Maï qué paguo tard, paguo lard;

Tamben en espéran ma part,

Per forço, vo ben per excuso :

Touto la semano foou muso.

En qu servé dé travaïa ?

Qu'a gès d'argen, mounté n'en a,

Qu'emprunté' et fagué banquarouto.

Foou garça leï riché en dérouto,

Ensuqua, dévessa la peou

En qu pouarto habit vo capeou,

Siguessé moun païré, ma maïré,

Moun cousin, ma tanto, moun fraïré,

Et jusqu'oou darrié deï Magaou,

Mi sérié tout à fait égaou.

Sian pa' en liberta per dé pruno;

Et puis lou répaou m'importuno,

Aïmi lou bru, l'agitatien,

Leï foutraous, la mareditien,

Leï bréfouniés, leïs ensaquados;

Sabi faïré leï barricados

Coumo lou béou promier vengu;

Creigni dégun quand aï bégu,

Lou sang mi bouïé dins la testo ;
Alor mi fariou uno festo
D'ana démouli lou bouen Diou,
Vo lou diablé.... sé li crésiou.

Sé mi nouma, dins treïs sémano,
A Paris pourraï fa lou crano,
Et défendré leïs intérès
Dé trento millien dé francès,
Emé uno vouas dé basso-taïo,
Coum' un canoun cargua à mitraïo.
Lou députa dé vouestré choix
Duou avé la pus grosso vouas.
La vouas voou miès què lou lingagi ,
Eïci m'en rapouarti à l'usagi :
Qué parlo lou pu fouar a pas toujour raisoun ?
Meï cris sembloun dé coous dé poun.
Dia qu'an vingto-cinq francs per jour à l'Assemblado,
Ana, gagnaraï la civado,
Oou beou intra m'escuraraï,
Interpellaraï, bramaraï,
Sooutaraï dessus la tribuno,
Et se lou présiden mi voou fa resta en uno,

Li garci un coou de poun sus l'uei
A lou faïré passa per hui.
Foou qu'un excellen patrioto,
Que per la liberta si farié fa la floto,
　Agissé en hommé supériou.
En espéran buven, mangen, fen fué qué duré,
Bougré de capoun de Judiou....
Et que penso pas coumo iou,
Qu'un tron de Diou lou curé....
Vaqui que soun meï sentiments.

Vingt salvos d'applooudissiments
Esclatoun dins touto la sallo,
Aguessia oousi aquélo rafalo,
Leïs oourios v'oourien péta;
L'avié plus gés d'ooutourita
Per pousqué carma la tempesto,
Cadun voulié faïré sa testo,
Enthousiasma, si battien,
Si cooussigavoun, si mordien,
Un moumen après s'embrassavoun,
Puis, tout d'un coou si répiquavoun,

Risien, fasien testo-mooutoun,

S'embouitavoun jusqu'oou mentoun.

Enfin; lou prèsiden après d'esffors terriblé,

Visen qué l'èro plus poussiblé ·

D'oouténi la tranquilita;

Ni maï dé si faïré escouta,

Fénissé per garça leï librés, l'escritoiro,

La plumo, lou péchié mounté vénié de boiro,

La campano et lou tremblamen

Dins la sallo. Aquel argumen

Agué' un effet tout salutari,

Oou lué dé continua, oou countrari,

Cadun si tengué en uno. Alor lou présiden,

Hommé qué dien fouesso pruden,

S'adreïsso eïs oouditour oou mitan doou silenci,

Et li dit : Veïci cé qué pensi :

Lou superbé discours doou citouyen Magaou

Ma reviscouira, ma fa gaou.

Citouyen Magaou, va rêpeti,

Tanpis per vous sé vous embeti,

Siou pénétra d'admiratien

Per vouestré beou talen ; senso exagératien,

Avè la linguo ben pendudo.

Tron dé discou ! quunto attitudo !

Aï entendu fouesso oouratours

Prounounça de flamé discours,

Maï dugun vous poou fa la niquo.

Avè coumprès la Républiquo

Cranamen. Tout aquo ès dédui

Emé un bouen sens, émé un coou d'uei

Qué vous fan toumba l'avélano.

Leïs esprits qu'aïmoun la chicano

Et qu'en passan tout oou créveou

Cerquoun d'espinos dins un leou ;

Leïs counservatours moralistos,

Ennémis deïs socialistos,

Pourran bessaï vous reproucha

Tant si paou de vivacita

Sus certains mots. Maï leïs pensados

Soun choousido et ben exprimados.

Daïur, Magaou, avè un borneoù

A fa dévéni rababeou

Touti leï membrés dé la Chambro ;

N'en a qué soun fins coumo l'ambro,

D'aoutreï qué parloun émé gous,

Qué sount profounds, qué sount fougous,

Qué soun ferra su la litturo,

Qu'escrivoun la littératuro :

Per malhur aqueleï couyouns

An lou goousier dins leïs talouns.

An bello escupi, tussi, boiro,

Roumpoun lou cuou à l'oouditoiro,

Vous fan l'effet dé chivaou-frus ;

Oou lué qu'aqueleï qu'an bouen crus

Et qué parloun fouar, tant si foutoun

Qué leï mouderas leïs escoutoun,

Coumo se leïs escoutoun pas ;

Doouminoun toujours leïs débats,

Tant es vraï qu'émé la peïtrino,

Un oouratour jamaï déclino.

Foou qué vous v'agoun dit souven,

A l'époquo mounté viven,

Et la cavo es assez coumuno,

Uno vouas es uno fortuno

Qué vous poou encamina' à tout.

Voulè la provo jusqu'oou bout ?

Tenè, remarqua : dins un thiâtré,

Aquéou qué crido coumo quatré

Es toùjour lou miés appouinta.

Dugun lou forço dé canta

Selon lou gous et la méthodo ;

Ben maï : poou mettré su la rodo

De longuo, touti leïs ooutours,

Escrivan et coumpousitours,

Et jugua tout' uno soirado

Pus maou qu'un espaousso salado.

Poou mumé bordégea' à tribord,

Quand la musiquo va' à babord,

Porvu qué quand ven lou passagi

Quès applooudi selon l'usagi

Sus de tons extramamen haou,

Dins *Guieoumé* et leïs *Héganaou,*

Malheur à nos tyrans, vo ben *Dieu secourable !*

Durbé' uno bouco esprouventablo

Per n'en faïré sorti dé notos dé dessu,

A vous faïré peta lou su.

Jugea quand aquel avantagi

Ven s'uni émé lou lingagi

Et leï bouens sentimens chez d'un représentant :

Per réussi n'en foou pas tant ;

Eh ben, vous sia d'aqueou calibré.

Per l'hommé indépendent et libré,

Per leï pus simpleïs oouditours

Qu'an escouta vouestré discours

Emé quoouqu'attentien, si vi qué la Patrio
Sera toujour l'ooujet dé vouest' idoulatrio ;
Et qué, fidélé oou sentimen coumun ,
    Désira lou ben de cadun.
En paou de mots v'avé fa' entendré.
Per aqueou qué vous poou coumprendré,
    La famio, la proupriéta,
    La Religien, tout es trata
    Selon lou prougrès dé l'époquo,
    Sus d'un ton fermé coumo roco.
Et pui aïmi surtout quand dia qué cé qu'aven
Es pa' uno républiquo, es un gouvernamen,
    Et qu'a tout prex s'en foou desfaïré.
    Ana, Magaou, va poudé faïré.
    Brûla, roumpè, sacrégea tout,
    Maï qué l'ordré regné prétout
    Car, v'hui, cadun aïmo tant l'ordré,
    Qué n'en fen émé lou désordré.
    Es uno nouvello inventien,
    Fruit de nouestro révoulutien,
    Qu'a produi dé tant belleï cavos ;
    Dounc per évita leïs entravos,
    Qu'un candidat trovo toujour
    Quand si voou présenta' oou grand jour,

Dré d'estou souar vous recoumandi
Eïs électours, et li demandi
De vous nouma représentant.
Aro séparen-si touti en prouclamant,
D'un bout à l'aoutré de la sallo,
LA RÉPUBLIQUO SOCIALO.

VIII.

Treï semanos pus tard cadun dré doou matin
Ven dépoousa soun bulletin
Dins uno urno qu'ès uno caïsso.
Boulégoun aqueou bouiabaïsso
De papier blanc douis jour oou men,
Et puis fan lou despouïamen.
Es aqui qué leï gats si pignoun,
N'en a qu'announçoun, n'a qu'escrivoun
Lou noum deï divers candidas
Qué la presso a recoumandas.
Leï promiers bulletins qué souartoun
Dé dessus dé la caïsso, pouartoun
Lou noum doou citoyen Boumpard.
Cependant ero qu'un hazard.

Couvincu d'aqueou fait, Boumpard perdé couragi.

Magaou rempouarto lou suffragi

Dé la majourita; fan lou proucès-verbaou,

Dien qué lou citouyen Magaou

A'agu vingt millo vouas su vingto-quatré millè.

V'affichoun dins touto la villo,

Va prouclamoun lou lendeman.

Après s'estré laïssa embrassa, touca la man,

Magaou fa soun paquet, filo à la Capitalo,

Intro à l'Assemblado, s'istallo;

Et lou départamen alor si poou flatta

D'estré bougramen ben représenta.

IX.

L'avié miech houro qué parlavi

Davan meïs oouditour et qué li rappelavi

Certaineïs exagératiens

Qu'aviou vis dins leïs électiens,

Per afin qué leïs évitessoun

Et que lou lendéman voutessoun

Ensemblé émé discernamen.

Certo ! moun long raisounamen

Founda contro l'extravaganço,

Voulié pas diré qué la Franço

Nous aguesse douna fouesso troublo-répaou,

Coumo lou citouyen Magaou.

Oou countrari. — Va l'expliquéri

En quoouquei mots et coumprenguéri

Qu'ávien saisi moun intentien.

Alor per accoumpli tout à fait ma missien,

Diguéri eï pus fougous d'uno vouas counvincudo :

Eh ! meï paoureis enfants, dins vouestro prountitudo,

Voulè garça lou Moundé oou soou

Per n'en faïré un aoutré tout noou ?

Oouré bello changea dé leï et dé coustumo,

La tristo humanita sera toujour la mumo.

Per istalla lou ben à la plaço doou maou,

Fourrié destitua leï sept pécas mortaou.

Oouria' alor un État requis et deï pus rarés ;

Maï tant qu'existara d'orguious et d'avarés,

Dé libertins et d'envéjous,

Dé mangeaïrés, dé morbinous,

Et surtout dé fénian, qu'en pitan dé tout caïré

Vouéloun viouré senso ren faïré

Lou maou sera toujour oou foun,

Et faré qué changea dé figuro et dé noum.

Travaïa paou à paou oou ben dé tout lou moundé,
Qué réciprouquament tout hommé si ségoundé,
    Senso jalousié, senso feou.
    En tout, foou dé prougrès nouveou.
    Maï risqua dé troubla la festo,
    Quand la quoué coumando la testo.
    Sé voulès agi prudamen,
    Regarda moun départamen :
    Dins sa députatien entiero,
L'a d'hommés qué vien pas dé la mumo maniero ;
    Soun pas toujour doou mumé bord :
    Maï la' un pouin mounté soun d'accord,
    Es l'ordré avant tout. Fè coumo eli,
    Et coumprénè qué se mi meli
    De vouestreïs affaïré ooujord'hui,
Es pas per intérès, enca men per orgui.
Oou proufi de la pax qué l'électien si fagué
    Tranquilamen et que tout vagué
    Selon l'hounour et lou bouen sen ;
    Unissè-vous touti ensen
    Per nouma' un députa capablé,
    Bouen pitoué, zéla, raisounablé :
    Ensuito, quan oourès agi
    Queï noums prochi pousquen légi :

« Leï promiers bulletins qué souartoun

De dessus de la caïsso pouartoun

Lou noun doou citouyen Boumpard;

Pui ensin n'en anca leï tres quart.

Counvincu d'aqueou fait, Magaou perdé couragi,

Boumpard rempouarto lou suffragi

De la majourita, fan lou proucès-verbaou,

Dien que lou citouyen Magaou

A' agu doou vo treïs vouas su vingto-quatré millo,

V'anounçoun dins touto la villo,

Va prouclamoun lou lendeman,

Après s'estré laïssa embrassa, touca la man,

Boumpard fa soun paquet, filo à la Capitalo,

Intro à l'Assemblado, sistallo,

Et lou départamen alor si poou flatta

D'estré parfaitamen representa. »

CHICHOIS ARRIBA

CHICHOIS ARRIBA

SOMMAIRE

Chichois regrette de ne pouvoir exprimer dans toutes les langues à la fois, les sentiments qu'il éprouve pour son bienfaiteur, car grâce à lui il est arrivé à l'apogée du succès et de la fortune. — Il lui explique comment il l'a augmentée par l'économie et comment il a quitté l'Opéra après cinq ans de glorieux travaux. — Réflexions philosophiques de Chichois, à qui sa position brillante n'a fait oublier ni ses amis ni son pays natal. — Chichois retourne à Marseille, son premier soin après avoir embrassé sa vieille mère est de prendre des informations sur la jeune fille qu'il a insultée dans une promenade publique. — Il la retrouve et l'épouse. — Une fois marié, Chichois se consulte sur le parti qu'il prendra, il veut travailler, mais le commerce ne le tente guère, à cause de ses chances hasardeuses. — Coup-d'œil rapide sur le commerce d'autrefois et le commerce actuel. — Chichois achète une terre magnifique, à quatre lieues de Marseille, il s'y établit, puis montre tant d'intelligence et prodigue tant de bienfaits autour de lui, qu'il parvient· à fixer l'attention du premier magistrat du département, qui le choisit pour être maire de sa commune. — Nouveaux remercîments de Chichois à son protecteur.

CHICHOIS a G. BÉNÉDIT

Ténè, voudriou parla touti leï linguo' oou coou

Per vous remercia coumo foou,

Et vous diré qué sia' un hommé fouar et capablé,
    Un proutectour incoumparablé....
Un ami deï pus raré, un jugi plen dé sens,
    Qué soulé voou maï qué cinq cents.
Ben maï, voudriou pousqu dins ma récounouissenço
    Avé l'esprit, l'intelligenço
Deïs escrivans célèbré et deïs grands oouratours,
    Per vous faïré un crâné discours
    Et vous loóusa dé man dé maistré,
    Car v'hui vous duvi moun ben-estré.

I.

Après leï très débuts que féri' à l'Ooupéra,
Quand jugi' et diretour aguéroun desclara
    Qué fasiou partido doou thiatré,
    Alor cantéri coumo quatré.
    Maï expliquen si claramen,
    Coumo quatré qué cantoun ben.
Aviou près moun aploum, creigniou plus la cabalo,
    Surlevavi touto la sallo
    Eme' uno vouas coumo un borneou,
    Atroubéroun moun jué nouveou,

Mi fasien répéta leï mouceous dé musiquo

       Eme' uno ragi frénétiquo.

Enfin à chasqué mot coumo à chasqu' intentien,

       Treï millo man m'applooudissien.

       De l'avis deïs hommés dé sciençо,

       Qué jugeoun en touto counsciençо, ,

       Leï débutan qu'avien passa

Despuis dex ans et maï, leïs aviou surpassa.

Es oou pouin qué lou jour qué suivé ma ruissito,

       Lou Diretour vengué dessuito

       Per m'invita sériousamen

       A signa moun engageamen.

       Mi digué : Selon la coustumo

       Doou Counservatoiro, hommé' ou frumo

       Qué souarté après l'estré resta

       Coumo pensiounari, es força

De s'engagea très ans à millo escu l'annado

       Sus d'uno scèno istituado

       En qualita dé thiatré natiounaou.

       Cependant coumo sérié paou

       En raisoun dé vouestreï servici,

       Per agi selon la justici

       Et faïré tout hounestamen,

       Prendren un aoutré engageamen,

Car vouéli pas vous tira eï cambos ;

Un quino voou miés qué douès ambos :

Ooures lou quino. Escouta-mi,

Et veïrés qué siou un ami.

D'eïcito à l'an qué ven l'a vounzé mês encaro,

Ooùrès dex millo francs. N'en touquaré tout aro

La promiero portien. Per l'annado d'après,

Vouestreïs appouintamen seran doublé dé prèx,

Oou lué dé dex, sera vingt millo ;

L'annado qué vendra à la filo,

Coumo vouestreïs talens seran fouesso plus grands,

Reçubrè trento millo francs.

Via qué vous trati en grand artisto

Et qué vous metti sus la listo

Deï beïs promiers de l'Ooupéra.

Sia-ti counten dé iou, digua ?

Séri counten ! dins ma surpresso,

Après uno tallo largesso,

Poudiou plus troúba uno raisoun

Digno d'un tant bravé garçoun ;

Gounflé coumo un pérus su lou coou l'embrasseri,

Li sarreri la man ben fouar, et li digueri

Quéri à n'eou doou found doou couar,

A la vido coumo à la mouar.

Alor, pendent tres ans redoubleri de zèlo,
Ma vouas, en l'exerçan venié toujour pus bello.

Juguavi émé fouesso expressien,
En un mot ma réputatien
Ooutan brianto qué soulido
Fenissé per estré establido.

Maï lou pus agréablé es qu'oou bout dé très ans
Aviou més dé cousta cinquanto millo francs!
Aqui penseri à vous lou jour de ma vesito,

Quan en crétiquan ma counduito,
Mi proumeteria' en mumé tem,
Qu'un jour sé travaïavi ben,

Oouriou vingt millo francs, et n'en vesiou cinquanto
En or, en bouen papier, en espèços souñanto.

L'avié dé qué faïré treï saou,
Et v'oouriou vougu veïré après un bounhur taou,

Per vous diré en termé capablé
Queria sorcier vo ben lou diablé;
Car poudiou pas m'imagina
Coumo avia fa per devina
Senso brounqua d'uno cènio,

Ce qué m'arribarié? Sia'un hommé dé génio,
N'en foou counveni, et jamaï
Cresè vo vous ooublidaraï.

Vouestré noum, quan viouriou doux cent cinquanto annado
    Sera toujour dins ma pensado.
    Bref, per rempli vouestr' intentien,
Gooubegeri meï founds et sigué plus questien
    Dé youeïé pussugua leï fio,
    D'ana méttré leï ga' en poòutio,
    Dé poursuivré touti leï chins
    Et d'estramassa leï bachins....
    Ren d'aco. Siguéri pus sagï.
    Daïur ma pousitien, moun iagi,
    Mi dictavoun l'hoounestéta',
    Et soungéri alor d'ooumenta
    Lou capitaou dé ma fortuno.
    Per pas mi perdré dins la luno,
    M'adreïsseri à n'un banquié
    Qu'avié per iou fouesso amitié,
    Et riché à dex millien dè rento ;
    Moun ideïo sigué excellento ;
Car aquel hommé hoounesté ooutant qu'intelligen,
    Fagué prouspéra moun argen
    Dé façoun qu'après doues annados,
    Meï piastros sigueroun doublados.
Foou ajusta à n'aquo qué penden leï dous ans
Aviou maï espragna cinquanto millo francs.

N'aviou dounc cent cinquanto millo.

Alor per ooupéra d'uno maniéro utilo,

Féri aqueou raisounamen :

La dex ans misérablamen,

A moussu Long fasiou leï ballos,

Escoubavi, triavi dé gallos,

Dé goumo, d'assafætida,

Et puis lou souar coumo un fada

Quand eri roumpu dé fatiguo,

Mi fasien garda la boutiguo

Despuis sept houros jusqu'à noou,

Et mi dounavoun qué vingt soou !...

V'hui quand réflechissi et quand songi

A moun bounhur mi semblo un songi....

Maï de mumé que l'aï gagna,

Dé mumé si pourrié en ana.

Dien qué foou qu'un coou per tua un souissé.

L'avéni dé cadun quesqué lou poou counouissé?

V'hui leï rento, leï founds, lou jué su leïs atiens,

Leï grandeïs espéculatiens

Soun pas toujour cavo séguro.

Que de gens que fasien figuro

Et que per s'estré avantura,

An plus qué leïs ueïs per ploura !...

La vouas es cavo tant fragilo,

Que contr' un vous juguariou millo,

Que senso m'en servi pus daïsé ni pus fouar,

Un beou jour mi dira bouen souar.

Mi vouéli pa' expousa à n'aquelo moouparado

Et féni per uno bugado.

Foou qu'un cantur, un coumédien

Si rétiré doou thiatré (eïço es moun ooupinien),

Avan qué lou thiatré lou quitté.

Qu qué siégué soun noum, soun rang et soun mérité,

Es lou mouyen ségu de si fa regretta

De toueïs seïs oouditours senso leïs embéta,

Et d'avè jusqu'oou bout leïs hounours de la guerro.

II.

Décidamen tiravi en terro....

N'anéri prévéni d'abord moun dirétour,

Li parléri senso countour,

Et li diguèri ma pensado

Parfaitamen ben arrestado.

En apprénen eïço, pus blèmé qu'un lançoou,

Moun paouré diretour manqué dè toumba oou soou !

M'ooufré dé m'ooumenta, serqué dé mi'susprendré
A forço d'intérès, maï li faguéri entendré
  Que la pus grosso ooumentatien
Pourrié jamaï changea ma déterminatien.
Respoundéri : (touca per la récounouissenço)
Moun bravé diretour, excusa ma prudenço,
  L'ambitien es un marri maou
  Que souven mèno à l'espitaou
  Leïs hommé assez paou raisounablé
Per n'avé jamaï proun, per estré insatiablé.
M'avè fa fouesso ben et m'en rappelaraï
  Touti leï jour tant que viouraï.
  V'hui, rendé mi un darrié servici,
Laïssa mi m'en ana, l'ooura pas préjudici,
  Poudé m'accorda moun coungié
  Senso souci, senso dangié.
Dins aquestou moumen l'a bessaï vingt artistos
  Rempli de qualitas requistos,
Que si présentaran lou jour que partiraï
  Et qu'applooudiran tant et maï...
Car, quand mumé seria sublimé, incoumparablé,
  Si foou pas creïré indispensablé;
Doou souar oou lendeman vous pouédoun remplaça,
  Vous pouèdoun mumé surpassa.

Quand lou publi v'a vis très ou quatré ans dessuito,

A soun admiratien souven douno pas suito,

Et per paou qué l'oouffré quoouquaren de nouveou,

     Crésè mi, vous ooublidoun léou.

Quand Talma sigué mouar, ségu la tragédio

     Vivié plus que per mérévio ;

Maï oou bout de dex ans uno frumo arribé

     Que tout d'un coou la révioudé.

Ensin deïs Italiens. En dexo-hiué cent trento,

     L'avié uno coumpanié excellento,

     Perdé madamo Malibran,

     Crésien que lou thiatré subran

     Mettrié leï claous souto la pouarto.

     Vengué'uno cantuso mens fouarto,

Maï quero miés plantado, et lou publi counten,

     Digué : S'a pas tant de talen,

     Foou counvéni qu'a maï de poupo......

Et lou thiatré italien filé lou vent en poupo....

La vingt exemplé oou men qué vous pourriou cita

     Et qué prouvoun la vérita

     Dé cé qué vous véni dé diré.

     Poussi pas la mouralo oou piré ;

     Selon iou foou pas qué l'orgueï

     Vous metté un bendeou su leïs ueï.

Quand leïs uns s'envan, d'aoutreï venoun :
Leï circoustanços vous v'apprenoun.
Foou estré philosopho et jamaï répoussa
Cé qué dégun poou empacha.
Qué li faïré ? ensin van leï cavo.
Sé l'humanita s'arrestavo
Quand perdé' un esprit capourié,
Deman lou moundé fènirié.
Via qué parli pa' à l'aventuro
Et qu'aï estudia la naturo.
Daïur lou séjour dé Paris
M'a pa fa' ooublida lou pays.
Regretti moun oustaou, moun souluou, ma carriéro,
Lou Port, lou Cous, la Canébiéro,
Leïs amis qu'en parten mi diguéroun bouen jour
Et qué pensoun à iou toujour.
Outro aqueleï raisoun tout à fait inspirados
Per d'hounest' et boueneïs pensados,
N'avié d'aoutros qu'approuvaré
Et dount mi félicitaré.
Doou jour qu'aviou perdu moun pero,
Vouliou veïré ma paouro mero,
En qu fasiou uno pensien
Despuis lou tem qu'aviou changea dé counditien.

Enfin aviou tamben uno darriero ideïo :

    Sabès ben que sus leïs Alleïo,

    Li poou avé dex vo' dougé an,

    (A poou près), lou jour dé San-Jean,

    Insurteri' uno jouino fio

    D'uno très hoounesto famio,

    Doou tem qué prenié' un baricot;

    Li disien Nanetto Nicot.

    Aquelo actien mi trementavo,

Et ben qué moun esquino enca s'en rappelavo,

    Duviou uno réparatien

    A la jouino fio en questien.

Tamben, lou lendeman doou jour qué rétornéri

    Oou pays nataou, m'informéri

De Nanetto Nicot, et leï rensinamen

    Qué dé bravé, d'hoounesteï gen

    Su d'ello ensemblé mi douneroun,

Mi renderoun hurous et mi satisfagueroun

    Oou déla de touto expressien.

    N'en parléri à Fèlicien,

    Un de meïs amis de jouinesso,

    L'expliqueri moun entrepresso,

Et selon leï counseou d'aqueou pitoué discret,

    Agisseri senso regret.

III.

Mi presenteri dounc, carriero Santo-Martho,
Numero dexo-hiué. Piquéri à la pouarto
    Quatre coous. Mi creïderoun : Qu'us ?
    Qu sia ? senso saoupré l'us,
    Moougra uno loougiero tremblanto,
    M'arapéri à la man couranto
    Et mountéri émé précooutien,
Car l'avié d'escalier de la maroditien.
    N'en aviou perdu la coustumo.
Un coou sus lou carra démanderi à la frumo
Qu'aro aqui davan iou, s'ero misè Nicot,
    S'eri à soun oustaou ? sus d'aquot,
    Mi respoundé d'un air aïmablé :
    « Qué l'a per vous estré agréablé ?
    Douna vous la peino d'intra.
    Per lou coou aviou rescountra
    Dé fouart hoounesteï gens. Entréri....
Maï jugea l'embarras dé moun couar quand viguéri,
    Assétado prochi lou lié,
Nanetto qué bordavo un pareou dé soulié;

Ero sa proufessien : Despui longueïs annados,

Lou pèro, un gros fénian, leïs avié' abandounados

    Ello et sa mèro, per ana

Faïré lou gus à z'Aï mounté avié débana.

Nanetto despuis lor per sousténi sa mèro,

    Uno jouino sur et soun frèro,

    Travaïavo senso répaou,

    Souar et matin. Maï ero égaou.

    Toujour fresco, toujour pus grasso,

    Avié embèli, ero bélasso.

    Candido dé veïré un moussu,

Car chez ello béleou n'avié jamaï réçu,

    S'adreïssé, m'oouffré uno cadièro !...

Tout en la remercian dé sa boueno maniero,

Li diguéri : Aï besoun d'un moumen d'attentien,

    Siou cargua d'uno coumissien

Qué vous estóunara, n'en siou ségu d'avanço,

    Car es d'assez grando importànço.

L'a dex ans, ven souven, lou beou jour de San-Jean,

Lou matin à hiuech houro, en vous espassègean

    Sus la prouménado eïs Alléïo

    Emé vouestro amiguo Reyneyo,

    Un jouïné hommé dé marri choix,

    Bategea doou noum dé Chichois,

Vous manqué de respè d'uno façoun groussiéro
    Oou beou mitan dé la carriéro....
    Se foou diré la vérita,
    Agué pas lué dè s'en flatta,
    Car pagué chier soun insoulenço
    Et soun impardounablo oouffenso.
Eh ben ! lou lendeman d'aquel événamen,
    Lou jouïné hommé fagué sermen
De répara seï torts en changean dé counduito,
    Et de s'aquitta, per la suito,
    Envers vous sé réussissié,
    Dins quoouqu'hoounourablé mestié.
Emé de bouis counseou, un paou d'inteligenço,
    Chichois a'agu sa récoumpenso.
    Ses més souto, a' estudia cinq ans
    Emé de proufessours marquants,
Et tout en arriban à n'un talen passablé,
    Es dévengu un hommé hoounourablé.
    Uno fés riché, indépenden,
    Soun promier souin en révénen
    Dins soun pays, madameïsello,
    Es esta de mettré soun zèlo
A vous faïré sachu qué vous vourrié espousa :
    Veni per va vous proupousa.

Eïci, mi sérié pas poussiblé

Dé vous diré l'effet brusqué, incoumpréhensiblé

Que suivé ma proupousitien.

Emé la pus grando attentien,

Jusqu'alor la mèro et la fio

Ensen m'avien presta l'oourio.

La fin' dé moun discours leïs abasordissé.

Vous diré cé qué si passé

Dintré lou couar d'aqueleï frumo,

Li rénounci d'avanço et quittariou la plumo

Se foulié escrupulousamen

Vous retraça l'estounamen

Qué touïs douès alor tamouignéroun....

Senso exagératien restéroun

Cinq minuitos senso parla.

Aviou poou dé m'estré encala

Dins quoouqué dangeïrous passagi,

Et déjà sentiou moun couragi

Qué faiblissié, maï paou à paou,

Mi penseri l'a gés dé maou,

En vesen la fio et la mèro

Si rassura senso coulèro.

La mèro mumé émé douçour

Mi digué : Sian de gens d'hounour,

Quoiqué paouro, ma fio ooubéïssento, hoounesto,

    M'a jamaï fa baïssa la testo.

    Aoutreïfès un banastounié

    Qué restavo eïato oou Panié,

Un hommé à poou près dé vouestré' iagi,

    L'avié démandado en mariagi.

    Per bouenhur, coumo viguérian

    Qu'éro un libertin, un fénian,

    Qu'avié pas bouen found, lou préguéri

De resta' à soun oustaou, et subran l'enmandéri.

Sé cé qué noun dia eïcito es veraï et ségu,

    Perqué vouestré ami es pas vengu

    Noun faïré eou mumé la demando,

    Et qu'en plaço d'aquo vous mando ?

Sian douï frumos souletto, aï perdu moun mari ;

    Lou moundé v'hui es tant marri,

Qu'avè souven regrè d'escouta seïs avanços

    En subissen leï counséquençოs

Dé troou dé sentimen et dé crédulita.

Va répeti' enca' un coou, sé dia la vérita,

Qué Chichois vengué eou mumé, et s'ágrado à ma fio,

    Lou reçubraï din ma famio

    Et pus tard sera moun beou fio.

— Alor pronounça vous. Aqueou Chichois es iou.

— Eïcito un coou dé thiatré a fa soouta leï friso,
Sus d'aqueleïs treï mots pronounça émé franchiso
  Et parfaito sincérita,
  La fio toumbé d'un cousta
Et la méro toumbé dé l'aoutré estavaïïdo.....
  Ma pousitien ero poulido !
  Aviou douis frumos sus leï bras ;
Jamaï m'éri trouba dins un tal embarras.
Leï cuïeri doou soou, après leïs assètteri,
  En mumé tem leï révenguéri
  En li gitan d'aïgo dessus,
  En li tiran quoouqueï pussus
  Prudenmen eïs endrets sensiblé ;
Emplugueri enfin toui leï mouyen poussiblé.
  Quand agueroun reprès seï sens,
  En hommé d'hounour et dé sens,
  En prétendu sériou et sagi,
L'oouffréri dé fissa lou jour dé moun mariagi.
  Et senso leï faïré espéra,
  Lou souar mumé, per li prouva
  Qué sabiou téni ma proumesso,
  Li mandéri uno proumesso
  Coumo sé néro jamaï vis,
  Qué fagué jita leï haou cris

En touti leï vésins; cadun d'éli badavo
    Davan d'aqueleï belleï cavo.
    Es vraï qu'aviou fa dé foulié,
Baguo, esplinguo, boutoun, penduloto, coulié ,
Tout èro à proufusien : parli pas deï dentellos,
    Choousido parmi leï pus bellos,
    Ni deï raoubos, ni deï mouchouars,
    Ni dèï manifiqué vantouars
    Qué coumplétavoun l'acessoiro,
    Et qu'aviou prés chez moussu. Loiro.
    N'oouriou troou long à vous counta,
    Mi bornaraï à vous marqua
Qué Nanetto et sa méro en vian aquélo festo,
    N'en manquéroun vira la testo.

IV.

    Iou cependan dins aqueou tem
    Eri pas tout à fait counten.
    Aviou après émé suspresso,
    Vo per miés diré émé tristesso,
    Qu'éria malaou despuis siéi més,
    Senso vous estré enca remés;

Qu'avia perdu forço couragi,

Et qué ben lun èria en vouïagi

Per restabli vouestro santa.

Sigueri fouar désapouinta....

Certo, d'amis n'en aviou foucsso,

Maï oouriou moougra aquo désira qu'à ma noueço

Siguèssia moun promier témouin,

M'éri fissa sus d'aqueou pouin.

Et moun proutectour mi manquavo !

Tout eïço mi tunturlegeavo.

Enfin coumo faïré ? un moussu

Quooutreï fé v'aviè counouissu

D'uno maniero assez intimo,

Et qu'aviè per iou quoouqu'estimo,

Vengué mi demanda sé per proucuratien,

Pourrié rempli vouesteï fountien.

Acceteri aqueou bouen oouffici

Coumo un véritablé servici.

Après d'aquo, per n'en fènl,

M'ooucupéri dé réuni

Leï dous aoutré témouins qu'aviou choousi d'avanço,

Piarré et Loueï meïs amis d'enfanço,

Dous ouvriers plen d'hoounestèta,

Qu'a forço dé travaï et dé mouralita,

Avien sachu si faïré un fouar pouli ben-estré ;
L'un ero charpentier et l'aoutré contro-mestré
    D'uno fabriquo dé saboun
    Qués dé moussu Roux Arnavoun.
    En arriban à la Coumuno,
Nous faguéroun intra din la sallo coumuno,
Mounté l'ajouin doou mairo em'amabilita,
    Nous prégué dé nous asséta.
Ero' un bel houménas d'agréablo prestanço,
    Parlavo émé'uno grando aisanço,
    Ben qué n'en fessé pas mestié.
Lou counouissè bessaï, li dien moussu Bouyer,
    Un médécin istrui, habilé,
Dount lou pus grand bouenhur es dé si rendré utilé.
    Noun fagué' un discours délicat,
    Coumo lou promier avoucat.
    Puis, la cérémounié fénido,
Lou venguérian prégua dé vouïé fa partido
    Doou repas dé nouéço ; flatta
    D'uno pariéro hoounestéta,
    Moussu Bouyer sigué pa' en resto,
    Si rendé lou souar à la festo,
    Que saché embelli tour-à-tour
Per soun esprit charman et per sa bouéno himour.

V.

Eri dounc marida ! maï qué proufessieu prendré ?

    Sia troou sériou per pas coumprendré

    Qu'un hommé jouiné et vigourous

Poudié pas resta aquito émé leïs bras en crous....

Mi counsiavoun proun d'intra dins leïs affaïré,

    Aquéou biaï m'agradavo gaïré.

Ooutreï fés lou coummerço ero clar et ségu.

    En suppousan qu'aguessia' agu

    Vingt millo francs din vouestro caïsso,

    Senso creigné haousso ni baïsso,

    Vous adreïssavia à n'un censaou

    Qué fréquentavo vouestr' houstaou,

    Et li disia en touto franchiso :

    Vouèli croumpa dé marchandiso,

    Avè de sucrè, de cafè ?

    Viguen un paou, quand n'en voulè ?

    — Trento-cinq francs. — N'en douni trento.

    — Prénè leï. L'affaïré counsento,

    Lou censaou vous fasié signa,

    Et puis, tout èro termina.

Revendia un paou pus tard de la mumo maniéro

    Et remplissia vouestro carriéro

    De façoun qu'après quaranto ans

    Avia gagna cent millo francs.

Per n'en arriba' aqui foulié un paou dé patienço,

    Maï avia travaïa en counsçienço.

    Et su d'aquo dégun poudié

    Vous tratta dé faribustié.

Nouestré siéclé despui a changea dé méthodo;

    Aro lou coumerço à la modo

    Es de vendré vo de croumpa

    Touto cavo qu'existo pa.

Vous vénoun et vous dien : aï tant dé mieïororo

    D'oli de lin. Lou *Sémaphoro*

    N'a douna lou prex avan-z'hier ;

    N'en voulè la mita, lou tier ?

    — Va prendraï tout, maï fè mi veïré

Un paou l'échantioun. — Ana mi poudé creïré,

    Per cé qués dé la qualita,

Leïs oli en questien soun leï promié cita.

    — Es égaou mi sérié agréablé

    De saoupré se soun préférablé

    A n'aquéli dé moussu Franc.

    — Eh ben, pusqué foou parla franc,

Leïs oli soun pa' enca' à Marsio.

Va vous pouédi diré à l'oourio,

Arribaran qué din treï més

Sus d'un bastimen ginouvès :

· Maï sé vous languissè d'attendré,

Serè lou maistré dé revendré.

L'affaïré si fa, l'achétour

N'en va veïré un aoutré à soun tour,

Li passo lou trata' en douis mots. Dins la jornado

La mumé affaïré es répassado

A cinquanto chalan, pui cinquanto nouveou

Si mettoun oou mumé niveou

Per ooumenta la maniganço ;

Maï ven lou jour de l'échéanço !

Alor lou promier achétour

Si présento chez lou vendour

Et li dit : moussu Torticoli

Es pas lou tout, mi foou meïs oli.

— Vouestreïs oli, moun cher ami,

Leïs aï pa' encaro, 'excusa mi,

Oouria péno' à coumprendré un gaffouï de la sorto ;

Figura-vous qué la récorto

Qué duvié espéli oou printem

A péri per lou marri tem.

Es un malhur, qué voulè faïré ?

Metten qu'aguen pas fa l'affaïré.

— Sacrabiouri coumo l'ana !

Moun cher, crèsi qué couyouna ?

Alor pagua la différenço,

Car avè troou d'intelligenço

Per pas coumprendré qu'aï vendu.

Leïs oli an mounta ; s'aguessoun descendu,

Aï la persuatien de creïré

Qué mi séria leou vengu veïré,

Et vous oouriou paga countan ;

A vouestré tour fè n'en ooutan.

Car l'a cent persounos qu'attendoun

Emé raisoun, et qué prétendoun

Qué foou régla lou différen.

— Moun ami, siou pa' indifféren

En cé qué dia. Li siou sensiblé ;

Soulamen aï pa' un soou, pagua m'es impoussiblé.

— Leïs oli an creïssu dé vingt francs per quintaóu,

— Va sabi miés qué vous. — Eh ben lou tribunaou

M'entendra, mi fara justici

Et respoundrè doou préjudici.

Lou tribunaou, hiué jour après,

Si trovo réuni per jugea lou proucès ;

Maï recounouissen pas la méthodo nouvello
D'un coumerço parié sens' estré embarrassa,
Dit oou plaïgnen : Moussu, vous farè remboursa
    Su lou cuou de Pourenchinelo !
    Et coumo lou paourè achêtour
    Es un hommé rempli d'hounour,
    Et qué l'aoutré es uno bougraïo,
    Lou promier crebo su la païo,
    Tandis qué l'aoutré, toujour gaï,
    Et frès coumo lou més dé maï,
    Per si faïrè d'aoutreï ressourço,
    Countinué dé véni' à la Bourso ;
Et vesen qué cadun li ven touca la man,
Songeo' à recouyouna quoouqu'un lou lendeman,
    En cerquan uno aoutro pratiquo :
    Vaqui coumo aquo si pratiquo....
Vous parli pas deï founds, deï rentos, deï actiens,
    Dé cinquanto millo inventiens
    En l'air, ni deï camin de ferri,
    Mounté l'a tant dé marri ferri,
    Qué tout l'an, hiver coumo estiou,
    Si foutoun dé coou dé fusiou
    A poou prés coumo quan cassavi.
    Et pui leï *minos* qu'ooublidavi !

Leï *Tenès* et leï *Mouzaïa.*

Aqui sia leou désabia.

Sus d'un bru dé pax vo dé guerro,

Mangea dé pardigaou vo dé poumo dé terro,

Selon qué sia dé bouéno ou dé marrido fé.

Tout aco si creïdo à la fé

Dins un round qu'és garni per uno man couranto,

Oou mitan dé la Bourso, à la vouas esclatanto

Dé vingt braveï pitoués qu'ant dé parmouns d'infer.

Diria qué tout va soouta en l'air....

Creïdoun en mumé tem en noto dé peïtrino

Leï camin, leï founds et leï mino,

A vous rendré sourd per sieï mès,

Cadun fa dé bru coumo très :

— *J'en donne vingt.* — *Moi, j'en prends trente,*

— *En voulez-vous encor cinquante ?*

— *Non, partageons le différent.*

— *Il me reste des* FIN COURANT.

— *Voyons, combien ?* — *Une douzaine.*

— *A cent trois.* — *Ce n'est pas la peine.*

— *En avez-vous quarante-six ?*

— *J'en offre cinquante,* DONT DIX.

Dont dix ! aqui si qué m'amusoun,

N'a qué prenoun, n'a qué réfusoun.

Maï lou pus clar de tout aquo,

Es qué vous roumpoun lou coco,

Qu'oou préfum d'aqueou bouïabaïsso

Empebra de haousso et de-baïsso,

Vous sentè tout desmémouria;

Et sortè coumo d'hommé ébria....

VIII.

N'en counvendré émé iou, aqueou genro d'affaïré

Franquamen mi ceoussavo gaïré.

Daïur poudiou-ti fréquenta

Ce qué noumoun eïci là grando souciéta ?

Eri hoounesté es vraï; maï outro la counscienço,

Foou avé un paou d'esprit, dé talen et dé scienço,

Per téni soun rang senso orgui

En si mélan oou moundé istrui.

Mi fasiou pa' illusien sus tout' aquéli cavo.

Sabiou troou cé qué mi manquavo,

Et vouliou pa' imita tant dé puous révengu,

Qué crésoun qué tout l'es dégu

Et qué servoun dé pouin dé miro

A l'épigramo, à la satiro,

Per s'estré voulé travesti

En ooublidan lou pouin dé mounté soun parti....

Noun, noun, es pas Chichois qu'oourié fa uno cougourdo

Ooutant maladrecho, ooutant lourdo !

Eri hommé dé sen ooutan qu'hommé d'hounour.

M'avien parla d'un ben d'uno grando valour

Qu'espéravo quoouqué Messio,

A quatré léguos de Marsio,

Dins un villagi counouissu.

Mi rensineiri aqui dessu,

Et coumo s'agissié d'uno assez boueno affaïré,

Mi décidéri de la faïré.

Intréri doun en poussessien

Dé ma nouvello counditien.

Eri dévengu propriétari.

Après avé chez lou noutari,

Passa l'até counformamen

A l'usagi doou reglamen,

M'ooucupavi dé meï fermagi,

Quand moussu Sabatier, lou mairo doou villagi,

Toumba malaou despuis vingt jour,

Noun digué *bouen souar* per toujour....

Ero' un bravé garçoun, hoounesté, serviciablé

Et parfaitament hounourablé ;

20

Maï d'un esprit un paou bornà.

Sus tout sabié' ooubéï senso saoupré ordouna.

Sans douto ero' un malhur, maï es ben dificile,

Pourriou mumé diré impoussible,

D'atrouba quoouqu'un de parfai.

N'érian aqui quand lou Préfè,

Qu'aviou jamaï vis de ma vido,

Mandé' un *expres* à ma bastido

Per mi trasmettré dé sa part

De lou veïré senso retard.

Un ordré d'aquelo naturo

M'intrigavo. Portant voou à la Préfeturo,

Diou moun noum et sus lou moumen,

Lou promier magistrat dé moun département

Hommé qué disien fouesso affablé,

Mi prend la man d'un air aïmablé,

Mi dit dé mettré moun capeou

Et mi méno dins soun bureou.

Qué tron es çïço ! mi p'ensavi,

Qué mi voueloun ? Coumo serquavi

A m'expliqua ce que vesiou,

Lou préfè s'aprouchan dé iou,

Mi dit : Moussu Chichois, aguè la coumplaisenço

De m'accorda un moumen d'ooudienço :

L'a douis jour vouestré mairo es mouar,

Lou regretti dé tout moun couar.

Hounesté, génèrous, tranquillé,

Avié toujour fa soun poussiblé

Per aministra sageamen.

S'a pas ruissi coumplétamen

Es que din seï fountien dé mairo

Manquavo un paou dé caratèro.

Aro mi foou quoouqu'un qu'à la mouralita

Réunissé la ferméta ;

Un hommé intelligent et sagi,

Qu'aguen lou ben estré en partagi,

Disposé dé quoouqueï lési

Et per aquo vous aï choousi.

Eïci que pensa que fagueri ,

Moussu Bénédit ? Mi viréri....

Car, véritablamen crésiou

Que lou préfè parlavo à quoouqu'un darrié iou.

L'avié pa' uno amo. Din moun troublé

Eri esglaria, li vesiou doublé,

Tout mi viravo de davan....

Se m'aguéssoun jita' un envan

Oou beou mitan dé la peïtrino,

Uno pouarto darrié l'esquino,

Un queïroun sus lou nas, sèriou pa' esta susprès
  Coumo per cé qu'aviou après.
Iou mairo ! ah ! per exemplé, aquélo éro un paou rudo !
Lou préfè mi carmé : Quand n'oourè l'habitudo,
  Mi digué, va trouvarè' aïsa ;
  Aro sia' un paou despaïsa ;
  Maï dins un més, sigué tranquilé,
  Ren per vous sera difficilé,
  Et serès un mairo parfaí.
  Remerciegueri lou préfè.
Doou moumen qu'éro' ensin, l'avié plus ren à diré,
Ero un hommé sèriou, oourié pas vougu riré :
Avié l'expériénço et pusqu'avié jugea
Qu'aviou ce qué foulié per mi desbrouïegea,
  Partéri per mi mettrè à l'obro.
  Ero pa'un travaï de manobro
  Cé que foulié faïré. D'abord,
  Leïs habitan quéroun d'accord,
  Ooutreï coou per la politiquo,
Séroun fouar divisa despui la Républiquo.
  Leï rapproucheri paou à paou
A forço de counseou et d'hounesté prépaou.
Cadun déli ooublidan et rancuno et coulèro
  Mi régardé coumo soun pero.

Foulié per coumpléta meï bouéneïs intentiens
D'aoutreïs améliouratieus,
Car, quasi tout ero en dérouto :
Lou camin qué suivié jusqu'à la grando routo
Ero impraticablé. La fouen
Plaçado sus lou Cous rageavo plus. Lou pouen
Que passavo sus la riviéro
Sero démouli. La carriéro
Que de moussu Martin arribo à moun oustaou
Ero crévelado de traou,
Remplido de fumié, de peïros, de bouscagi.
Faguéri nétégea, restabli lou passagi,
Répara lou camin et lou pouen à meï frés.
Puis, quand lou pus gros sigué lès
Soungéri à mi rendré aïmablé.
Aprés l'utilé l'agréablé.
Din l'intérès deï jouineïs gens
La plupart fouart intelligents,
Que mespresavoun pas la danso,
Dreïsseri per la circoustanço
Un hengard dins ma proupriéta
Mounté poudien veni soouta,
Lou dimengé et leï festo émé leï jouineïs fios,
Souto leïs ueïs de seï famios.

Despuis per faïré hounour à moun endret nouveou
       Aï establi quatré pareou,
En dounan cent escus à chaquo maridado,
Et la coumuno ooussi, coumo l'aï reparado!
Leï pouarto, leï cleda, leï muraïo et lou soou,
       Tout es courous et flamé noou....
Quant à l'éducatien, la pus bello deï cavo,
       Libro émé iou de touto entravo,
       S'estendé eï pichouns coumo eï grands,
       Et juguariou dex millo francs
       Qué la bessaï pas très villagi
Mounté leïs escouliers attentifs, doux et sagi,
       Sachoun miés escriouré et légi :
       Maï es pas lou tout, aï choousi
       Parmi tout aquelo jouinesso
Cent vouas pleino d'escla, de forço et de souplesso,
       Et n'aï fa'un chur deï pus rounflants.
       S'entendia surtout leïs enfants,
       Diria de roussignoou qué cantoun!...
       Pui à la grand'messo, quand partoun
       Et qu'entounoun *l'élevation*,
Lou cura, moussu Rey, es din l'admiratien.
Que brave hommé! laï fa presen d'un beou calici,
D'un ornamen tout d'or per célébra l'oouffici

Din leï grandeï cérémounié,

Coumo en lué n'a pas soun parié.

Enfin va pouèdi diré en touto moudestio,

Car aïmi gaïré la sarrio;

Aï tant fa per moun cher endrè,

Queïci cadun per iou voudrié fa l'aoubré dré.

Mi venoun pui touqua l'ooubado,

M'executoun dé sérénado,

Mi counsidéroun coumo un diou,

Oou pouin que sé va permettiou

Mi mettrien dins un tabernaclé....

Et quand pensi qu'ès vous qu'avè fa aqueou miraclé,

Qué m'oourié dit la quatorzé ans,

Iou lou darriè deï mooufatans,

« Seras mairo d'uno coumuno ! »

L'oouriou dit sia' un *taroun*, vouyagea dins la luno :

Hurousamen què venguéria,

Que doou soou mi rabaïeria,

Qué per vouestreïs boueneïs maximo,

Mi renderia digné d'estimo,

Et fagueria de iou un hommé intelligent ! ! !...

Tenè, quan oouriou tout l'argent

Deïs promiérs négouciants d'oou moundé,

Voueli que lou ciel mi counfoundé

Se creïriou pousqu m'acquitta

Envers vouestreïs counseou, envers vouestro bounta.

L'a ges d'équivalent per l'hommé que vous douno

Leï mouyens d'oouténi talen, succès, courouno,

Et que per sa paraoulo unido à seïs escri,

Curtivo vouestré couar ooutant que vouestré espri.

Tamben ma vido entiero es a vouestré serviçi;

Parla, sus d'un mot, v'ooubéïssi,

Loousa mi se voulè, vo fè mi la liçoun,

V'escoutaraï toujour coumo un bravé garçoun.

FIN DU TOME PREMIER.

TABLE DES MATIÈRES

ACHEVÉ D'IMPRIMER

LE QUINZE MARS DE L'AN MIL HUIT CENT SEPTANTE-SIX

PAR

BARLATIER-FEISSAT PÈRE & FILS

19, RUE VENTURE, A MARSEILLE

POUR

LA SOCIÉTÉ DES AMIS DES ARTS

(CERCLE ARTISTIQUE).

MARSEILLE

BARLATIER-FEISSAT PÈRE ET FILS

Rue Venture, 19.